伯爵は秘めやかな恋人

秋山みち花

16673

角川ルビー文庫

目次

口絵・本文イラスト／祭河ななを

1

――やっと帰ってきた……。

佐々木紫里《ささきゆかり》は金の紋章《もんしょう》が入った高い鉄門を、感慨《かんがい》とともに仰《あお》ぎ見《み》た。
門の向こうには、澄《す》みきった青い空をバックに、威風堂々《いふうどうどう》とした佇《たたず》まいの、石造りの城館が建っている。そこまで真っ直ぐに白い石畳《いしだたみ》のアプローチが続き、その両側には開放的な芝生《しばふ》の前庭が広がっていた。

オーランド伯爵家《はくしゃくけ》の豪壮《ごうそう》な城館は、子供の頃《ころ》に数年を過ごした懐《なつ》かしい場所だ。
この美しい景色を何度夢で見たことか。けれど紫里はここに遊びに来たわけではない。感傷に耽《ふけ》るより、もっと大切なことがある。

紫里はふっとひとつ息をついてから、閉《と》ざされた鉄門の脇《わき》にある守衛室に近づいた。

「こんにちは、おじさん。紫里です」

守衛室の中には、屈強《くっきょう》な身体《からだ》つきの男がひとり詰《つ》めている。紫里が小窓から声をかけると、五十絡《がら》みの男は、信じられないものを見たかのように茶色の目を丸くした。

「ユカリ……？　あんた、本当に、ユカリか？」

「ええ、佐々木洋輔《ようすけ》の孫の紫里です」

紫里はもう一度名乗りを上げた。

「なんと、あのユカリか？　驚《おどろ》いたな。すっかり大きくなって……それに、まぁ、ずいぶんときれいになったもんだ。昔の面影《おもかげ》はまるで残ってないじゃないか、え？」

守衛は気さくに答えながらも、まだ信じられないように紫里の頭から爪先《つまさき》まで目をやって、じっと観察している。

「ご無沙汰《ぶさた》してます。お元気でしたか？」

ほっそりした身体にベージュのコートを羽織った紫里は、やわらかく微笑《ほほえ》みかけた。すると厳《いか》つい大男の守衛が、急にどぎまぎと顔を赤らめる。

昔の紫里は痩《や》せこけた醜《みにく》い子供だった。それが今は、蛹《さなぎ》から蝶《ちょう》が羽化《うか》したように鮮《あざ》やかな変貌《へんぼう》を遂《と》げているのだから、守衛が驚くのも無理はない話だ。

人気女優の母に似て、繊細《せんさい》な中にも華《はな》のある顔立ち。丁寧《ていねい》にカットした艶《つや》やかな黒髪《くろかみ》が華奢《きゃしゃ》な輪郭《りんかく》を縁取《ふちど》っている。形のいい細い眉《まゆ》やすっきりとした鼻、ふっくらとした唇《くちびる》、すべてのパーツに非の打ち所がない。くっきりとした双眸《そうぼう》は特に印象的で、話す相手をじっと見つめる癖《くせ》と相まって、対峙《たいじ》する者を魅了《みりょう》する。

強《し》いてマイナス点を探すとすれば、男らしさに欠けていることぐらいだろうか。

「いや、本当に驚いた。ともかくお祖父《じい》さんから話は聞いてるよ。おまえなら遠慮《えんりょ》はいらん。今、ゲートを開けてやろう」

守衛はそう言いながら、大きな鍵束《かぎたば》を持って外に出てきた。

「ありがとう。あの、それで今日、ライオネル……いえ、伯爵はお屋敷《やしき》の方にいらっしゃるのですか？」

「いや、先ほど馬で出かけられたばかりだ」

「遠乗りに？」

紫里は小さく首を傾《かし》げて訊《たず》ね返した。

ライオネルが休日に遠乗りを楽しむのは、昔からの習慣だ。

「ああ、そうだ。しかし、最近の伯爵は、我々には想像もつかない行動ばかりなさるから、お戻《もど》りはいつになるかわからんぞ。馬で出かけられたといっても、夜遅《おそ》くなるか、それとも朝方か……まったく、見当もつかんよ」

守衛は、ハハハと豪快《ごうかい》に太い腹を揺《ゆ》すりながら笑い始める。

紫里は伯爵が留守と知って、ほっと緊張《きんちょう》を解いた。

ライオネルの行動に問題があるような言い方は気になったけれど、再会する前にひと息ついて、気持ちを落ち着かせる時間はある。

「それじゃ、私は祖父の部屋に行かせてもらいますね？」

「ああ、いいぞ。場所は覚えてるな？」

「ええ、覚えてます」

紫里はもう一度守衛に頭を下げてから、伯爵家の敷地《しきち》内へと足を踏《ふ》み入れた。

ロンドンからさほど離《はな》れていないが、オーランド伯爵家の城館は、地方にある有名なカントリーハウスやマナーハウスにも負けない規模を誇《ほこ》っている。

門から真っ直《す》ぐ続くアプローチはすっきりと開放的にデザインされていた。そして裏には湖もあって、深い森との対比が楽しめる。

おとぎ話に出てきてもおかしくないほど、美しい城館だ。

「さてと、どうしようかな……」

紫里はアプローチの途中《とちゅう》でぽつりと独りごち、腕時計《うでどけい》を覗《のぞ》きこんだ。

ちょうど午後の三時をまわったところだ。

紫里の祖父は長年この城館の執事《しつじ》として勤めていた。今は伯爵が留守だとしても、突然《とつぜん》の来客があった場合に備えて、アフタヌーンティーの準備にかかっているはずだ。

紫里が今日到着《とうちゃく》することは伝えてあったが、祖父の仕事の邪魔《じゃま》をするのは心苦しい。

幸い大きなスーツケースは空港からの宅配を頼《たの》んである。紫里が手に持っているのは、小型のバッグがひとつだけ。

つまり、このまま裏庭にまわっても、なんら問題はないということだ。

紫里はふっと微笑んで、己《おのれ》の欲求《よっきゅう》に従った。

この城館は何もかも懐かしい。

十五の年にここから離れ、七年ぶりの訪問だった。子供の頃、一番好きだった裏庭を真っ先に確かめたくなっても、許されるだろう。

紫里は足取りも軽く、子供の頃に覚えていた小道をたどって裏の森へと進んだ。

オーランド伯爵家の庭は表と裏でずいぶん趣《おもむき》が異なる。伯爵家の威厳《いげん》を充分《じゅうぶん》に感じさせる前面の景色に比べると、裏庭は遊び心が満載《まんさい》だった。

湖が建物の近くまで迫《せま》っており、その向こうには果樹の森がどこまでも続いている。

紫里は陽射《ひざ》しを反射させて煌《きら》めく湖面に、目を細めた。

対岸に見えるのは、白い四阿《あずまや》。静かな湖面にはすうっと音もなく、気持ちよさそうに子連れの鴨《かも》が泳いでいる。

子供の頃、この湖で溺《おぼ》れたこともあった。

あの当時、紫里は極端《きょくたん》にひ弱で、近所の子供たちからよく虐《いじ》められていたのだ。

紫里は懐かしさでいっぱいになりながら、湖岸《こがん》をゆっくりと歩きまわった。

白い屋根を載《の》せた四阿は、とても好きだった場所だ。あそこで本を読んでいると、まるでおとぎの国に紛《まぎ》れこんだかのような気分になったものだ。

その横に、広く枝を張りだしたエルムの木は、ライオネルのお気に入りの隠《かく》れ場所だった。

ライオネルは木の枝に登り、そこで器用に昼寝《ひるね》を楽しんでいた。誰《だれ》もいないと思って、そこらを歩きまわっていた紫里は、頭上からふいに声をかけられて、心臓が止まりそうになったことが何度もあった。

八歳年上のライオネルは、もう三十という年齢《ねんれい》に達している。まだ独身だと聞いているが、どんなふうになっただろうか。

以前の彼は、とてもハンサムな貴公子そのものだった。いや、紫里にとっては、童話に出てくる王子様のように憧《あこが》れの存在だった。

紫里はエルムの木の根元まで歩を進め、コートが汚《よご》れるのも構わず、その場に座りこんだ。そして子供の頃、よくそうしていたように両膝《りょうひざ》を抱《かか》え、その上に顎《あご》を乗せて、じっと輝《かがや》く湖面を見つめる。

必ず、また会いに来ると約束して、戻ってきた。

あれから七年……。

ライオネルのことは、イギリスから取りよせていた新聞や雑誌で何度も見かけた。けれど、華やかな記事から想像するだけでは満たされない。本当のライオネルがどんなふうになったかが知りたいと思う。

——ライオネル……ぼくは戻ってきました。長く時間がかかったけれど、今のぼくはもう情けない子供じゃない。きっと、あなただって認めてくれるはず……。

だが、その時、ふいに紫里の頭上でざわざわと葉の擦《す》れる音がする。

ほとんど風もないのに、木が揺れるはずもない。栗鼠《りす》や小鳥が立てる音とも違う。

「だ、誰っ？　誰か、そこにいるの？」

ぎょっとした紫里は、掠《かす》れた叫びを上げながら、さっと立ち上がった。

頭上を仰《あお》ぐと、高い位置にあるエルムの枝から、にゅっと長い人間の足がぶら下がっている。

黒革のブーツを履《は》いたその足は、何度か反動をつけて動いたあと、どっと紫里の近くまで落ちてきた。

「！」

いきなり目の前に飛び下りてきた男に、紫里は息をのんだ。

焦《こ》げ茶《ちゃ》色の乗馬服を身につけた男は圧倒《あっとう》的な長身だった。ダークブロンドの髪《かみ》が精悍《せいかん》に整った顔を縁取っている。

そして、青灰色の深い双眸……！

彼だ！

ライオネルだ。

紫里は息を止めて、懐かしい人を見つめた。

そして、ライオネルの方もはっとしたように紫里を見つめてくる。

どんなに会いたいと思っていたか……。

再会を楽しみにし、期待のあまり怖《こわ》くさえなって、すぐには顔を合わせられないとまで、思って……。

なのに、いきなり目の前に当の本人が現れるなど、信じられなかった。

けれど、あまりにも驚《おどろ》いたせいで、ろくに反応さえできないでいると、ライオネルが訝《いぶか》しげに眉《まゆ》をひそめる。

「おまえ……誰だ？」

「……！」

昔と少しも変わらない、魅惑《みわく》的な声に、胸が締《し》めつけられたように、せつなくなる。

しかし、発せられたのは、見知らぬ者の素性を問い質《ただ》す冷ややかな言葉だ。

ライオネルは、紫里が何者か、まったく気づいていないかのようなよそよそしさだ。

まさか、本当に、自分が誰だかわからないのだろうか？

紫里は一日たりとも忘れたことはなかったのに、ライオネルは自分のことなど覚えてもいないのだろうか？

「返事がないなら、不法侵入者《しんにゅうしゃ》とみなすしかないな。しかもせっかくの昼寝を邪魔をしたんだ。それなりの罰《ばつ》が必要だな」

「え？」

ライオネルはにやりと口元をゆるめ、それからいきなり紫里の後頭部に手をやって自分の方に引きよせた。

何をされたのか認識《にんしき》する暇《ひま》もなく、唇《くちびる》が押しつけられる。

「んっ」

あまりに予想外の行動に、紫里は瞬《まばた》きひとつできなかった。

ライオネルは、それをいいことに紫里の腰《こし》まで引きよせて、さらに強く唇を押しつけてくる。

舌でねっとりと唇の表面が舐《な》められた。

「……ぅん……っ」

息苦しくて胸を喘《あえ》がせた瞬間《しゅんかん》、熱い舌先は中にまで挿《さ》しこまれる。

ぬめった舌が触《ふ》れ合う異様な感覚で、紫里はようやく我に返った。

これはキスだ。

どうして、いきなりキスなんか……！

ライオネルのキスから逃《のが》れようと、必死に身体《からだ》をよじった。それと同時に、両手で懸命《けんめい》に逞《たくま》しい胸を押す。

「……っは……っ……ぅ」

肩《かた》を激しく上下させながら、強引な真似をした男をにらみつけた。

けれどライオネルには少しも応《こた》えた様子がなく、にやりと不敵な笑《え》みを見せただけだ。

「ど、どうして、キスなんか……っ」

紫里は怒《いか》りに駆《か》られて問いつめた。

七年ぶりの再会だ。

それなのに、こんなひどいことをされたのが信じられない。

「ここはオーランド家の庭だ。おまえは許可なく私有地に入りこんだ不審者《ふしん》だ。騒《さわ》ぎにされたくなければ、とっとと消え失《う》せろ。罰は今のキスひとつにしておいてやる」

「え？」

ふてぶてしく言われ、紫里は目を見開いた。

ライオネルは鋭《するど》く刺《さ》すように見つめてくる。けれど、その眼差《まなざ》しは初対面の者に向けられるものだ。紫里を紫里として、認識しているわけではない。

ライオネルは紫里のことなど、忘れ果てているのだ。

「そんな……」

ショックを隠しきれず、紫里はそう呟《つぶや》くのが精一杯《せいいっぱい》だった。

ライオネルは急速に興味を失ったように背を向ける。

紫里は今度も出遅《でおく》れた。自分が何者か名乗ろうとした時には、ライオネルはもうかなり離《はな》れた場所を歩いている。

乗馬服を着た後ろ姿は毅然《きぜん》として、記憶《きおく》にあるものよりさらに逞しさが増している。

力強く歩を進めるライオネルを、紫里は呆然《ぼうぜん》と見つめ続けた。

胸がずきりと痛くなる。

一日たりとも忘れたことはなかった。それなのにライオネルの記憶からは自分のことなどいっさい消されているのだろう。

昔も今も、あの後ろ姿を追いかけているのは、自分の方だけだ。

少しでも近づけるようにと、今までずいぶんと頑張《がんば》ってきた。けれど、昔も今も、ライオネルとの差は少しも縮まっていない。

紫里はゆるくかぶりを振りながら、ため息をついた。

伯爵家の豪壮《ごうそう》な城館の一角に、使用人用の部屋が集まっている場所がある。厨房《ちゅうぼう》やリネン室などがある半地下部分だが、外からの採光が充分《じゅうぶん》に届き、明るさにはなんの問題もなかった。

こぢんまりとした二間続きの部屋は、謹厳《きんげん》な祖父らしく、整然と片づけられている。

紫里はずっと部屋で待っているつもりだったが、祖父は仕事の途中《とちゅう》で様子を見にきてくれた。

「紫里、大きくなったな」

「お祖父《じい》ちゃん……元気そうでよかった」

何年ぶりかで会った祖父は、慈愛《じあい》のこもった眼差しで見つめてきた。懐かしさのあまり、つい子供っぽい呼びかけをしてしまう。

「空港まで迎《むか》えに行けなくて、すまなかったな」

「そんなの気にしないで……お祖父ちゃんが大変な仕事をしているのは、よくわかってるから」

「ああ」

きちんと黒のテールコートを着た祖父は、銀髪《ぎんぱつ》を丁寧《ていねい》に後ろへ撫《な》でつけている。鼻の下と顎《あご》に蓄《たくわ》えた髭《ひげ》も、以前より格段に白さが目立っていた。

だが、伯爵家の執事《しつじ》として長年勤め上げてきた祖父は、七十を超《こ》えているとは思えないほどの力強さに満ちている。

「伯爵……いらっしゃるんでしょ？」

紫里は少し前に会ったばかりのライオネルを思いだしながら、祖父に訊《たず》ねた。

「うむ……お出かけとばかり思っていたが、意外に早くお戻りだった」

「それなら、こんなところで時間をかけているわけにはいかないんじゃない？　ぼくなら大丈夫だから、仕事に戻って……」

「いや、伯爵には今日、おまえが来ることをお話ししてあったのだが、おまえが到着《とうちゃく》しているなら、お茶を一緒《いっしょ》にとおっしゃっておいでだ」

「え、アフタヌーンティーを？」

思いがけない話に、紫里は目を見開いた。

祖父は執事として確固とした地位を保っているが、それでも伯爵家の一使用人にすぎない。それなのに、その孫である紫里をアフタヌーンティーに招くとは、驚くべき出来事だった。

庭での再会を思いだせば、よけいに頭が混乱する。

あの時、ライオネルは紫里のことに気づきもしなかった。それなのに、お茶に招くとはどういうことだろう？

だが、紫里はすぐにその答えに思い至った。

ライオネルは庭で会った不審者をお茶に招くわけではない。長年勤め上げた執事の孫に厚意を示しているだけだ。

「ぼくがご一緒しても、大丈夫《だいじょうぶ》なの？」

紫里が眉をひそめて訊ねると、祖父はかすかに目元をゆるめる。

「せっかくのご厚意だ。お受けすればいい」

穏《おだ》やかな声で言われ、紫里は胸の内でひとつ息をついた。

ここでためらっていても仕方がない。

いずれにしろライオネルにはきちんと挨拶《あいさつ》しなければならなかった。それなら、あとで書斎《しょさい》を訪ねるのも、今、お茶に招かれるのも、そう大差はない。

「わかった。じゃ、身なりを整えたら、すぐ伺《うかが》うことにする。ところで今日はどこでアフタヌーンティーを？」

「今日は天気がいいからテラスの方にご用意している。では紫里、私は先に行くぞ」

紫里が頷《うなず》くと、祖父は静かにきびすを返して部屋から出ていく。

リビングの壁《かべ》には頑丈《がんじょう》な木枠《きわく》のついた姿見が掛《か》けられている。紫里はすっとその前まで進んで身なりの点検を始めた。

空港からの荷物はまだ届いていない。念のためと思ってコートの下にダークスーツを着てきてよかった。日本からの長旅で多少くたびれて見えるが、シャツを取り替《か》えればなんとかなる。

紫里は小型のキャリーカートから白のシャツを出して、手早く着替《きが》えた。

スーツは濃紺《のうこん》。マスタードとグリーンのレジメンタルタイを締《し》めると、細身の紫里はまだ学生のようにも見える。

ポケットから櫛《くし》を出し、僅《わず》かに乱れていた髪《かみ》も整えた。

鏡に映る顔立ちは、女優として第一線で活躍《かつやく》中の母に似て、きれいに整っている。細い眉《まゆ》と薄《うす》い唇。鼻の形はいいにしても、あまり男らしい印象はない。

それでも紫里は今の自分の顔にはある程度の満足を覚えていた。

自惚《うぬぼ》れているわけではなく、痩《や》せてぎすぎすだった子供の頃《ころ》と比《ひ》較《かく》すれば、人に不快感を与《あた》えないだけでも進歩したと思えるのだ。

それに紫里がここに来た目的は、祖父の跡《あと》を継《つ》いで伯爵家《はくしゃくけ》の執事になること。初めて会う人間に好印象を持たれるのは、ある意味重要だ。

支度《したく》を調《ととの》えた紫里は最後にもう一度自分の姿を点検した。

その時ふっと視線が行ったのは、口元だった。

さっき、いきなりライオネルに口づけられた場所……。

無意識に大きく息を吸うと、よけい半開きの唇《くちびる》に注意が向く。何故《なぜ》か、かっと頬《ほお》が熱くなり、紫里は慌《あわ》てて鏡から目をそらした。

あれは単なる罰だった。それ以上の意味はない。

だいいち、あんなことぐらいで動揺《どうよう》している場合ではない。

これから会うのは昔なじみのライオネルではなく、オーランド伯爵だ。執事として雇《やと》って貰《もら》えるかどうか、まずはその関門を突破《とっぱ》しなければならない。

紫里はぐっと両手を握《にぎ》りしめて、歩きだした。


十八世紀に建てられたという城館は、貴族の館《やかた》としては、そう古い方でもない。それでも一番の見所となっているロングギャラリーは圧巻だった。

子供の頃はさほど興味もなかったが、両側の壁は数々の絵画や彫刻《ちょうこく》で埋め尽《つ》くされている。

窓から陽《ひ》の射《さ》す明るい場所を、紫里はゆっくり美術品を堪能《たんのう》しながら歩いた。

テラスはこのロングギャラリーの突《つ》き当たりにある。

だが紫里は途中でふと不審を覚えた。

以前はもっと使用人の数が多かったように思うが、ロングギャラリーを歩いている間、誰《だれ》とも行き合わなかったのだ。しかし、掃除《そうじ》は隅々《すみずみ》まで行き届いており、埃《ほこり》ひとつ残っていない。

すべて祖父の采配《さいはい》によるものだろう。

高齢《こうれい》になった祖父がかなり無理をしているのではないかと思い、紫里は眉をひそめた。

そうこうしているうちに、突き当たりのテラスに到着する。

紫里は気を引きしめて、テラスへのドアを開いた。

すると、すかさず祖父が近づいてきて、丁重《ていちょう》に腰《こし》を折る。

「こちらへどうぞ」

自分の孫であっても、今の紫里は主人がお茶に招いた客。それをしっかり踏まえているがゆえの態度だった。

紫里はごくりと唾《つば》をのみこんだ。

今までわりと平気だったのに、ここへきて急激に心臓が高鳴りだす。

いよいよ、ライオネルと正面から向かい合うことになるのだ。

七年ぶりになるのに、さっき庭でいきなりキスされてしまった。

いや、ライオネルはあれが紫里だと気づいていなかったのだ。だからキスしたのが、昔なじみの紫里だと知れば、どういう反応をするのだろう。

紫里は平静を取り戻そうと、爪《つめ》が食いこむ勢いで両手を握りしめた。

七年もかかってライオネルに会いにきたのは、おどおどした自分を見せるためではない。しっかりとした大人になった自分を認めてもらうためだ。

テラスには明るい色をした木製のテーブルと椅子《いす》が据《す》えられ、そこにゆったりとライオネル……いや、オーランド伯爵が座っている。

「ご無沙汰《ぶさた》いたしております、伯爵。佐々木紫里です。本日はお茶にお招きいただきまして、ありがとうございます」

紫里はさらに大きくなった鼓動《こどう》を宥《なだ》めつつ、ライオネルの整った顔を見つめ、そのあと深々と腰を折る。

「……」

だが、いつまで経《た》っても、ライオネルからの返事がない。

紫里はさらに緊張《きんちょう》の度合いを高めた。

恐《おそ》る恐る顔を上げると、ライオネルの青灰色の瞳《ひとみ》と視線が合う。

ライオネルは紫里を眺《なが》めていたが、そこには歓迎《かんげい》する様子など微塵《みじん》もなかった。まるで厄介《やっかい》者でも見かけたかのように目を眇《すが》め、口元も歪《ゆが》めている。

今、初めて自分が誰であるかを知って戸惑《とまど》っているのか、それとも最初から知っていて不快

ちなく席につく。

「さあ、こちらに」

動揺した紫里を救ったのは祖父だった。すっと音もなく椅子を引かれ、紫里はそのままぎこちなく席につく。

そのあと祖父は見事な手さばきで紅茶を淹《い》れ始めた。

茶器は爽《さわ》やかな薄緑《うすみどり》の地に小花を散らしたデザイン。繊細《せんさい》な持ち手のついたカップに温めたミルク、そして厳選した茶葉を使った香《かお》り高い紅茶が注がれる。三段重ねの銀のトレイには、サンドウィッチのほかに、伝統的なスコーンや色鮮《いろあざ》やかなスイーツが盛られていた。

祖父はライオネルと紫里の前にカップを置くと、すっと後方へ下がっていく。

「大きくなったな、ユカリ」

先ほどとは違《ちが》って、いきなり親しげな声をかけられ、紫里はひときわ高く心臓を鳴らせた。

「あ、はい……」

頬もかっと赤く染まってしまう。

七年ぶりの紫里を見て、皆《みな》、同じことを言うが、ライオネルの言葉は特別だった。

思わず目を見開くと、ライオネルがおかしげに口元をゆるめていた。

さっきは驚《おどろ》きが勝って、まじまじ見つめることができなかったが、今は自然と整った顔に視線が吸いよせられてしまう。

大学を出たばかりだった頃とは違う。きれいな顔立ちには精悍《せいかん》さが加わり、どきりとするほどだ。ごく自然な感じにカットされた髪は、深い色合いのブロンド。ライオネルは昔から美形と言うに相応《ふさわ》しかったが、今はそれに成熟した大人としての魅力《みりょく》が加わっている。

スーツもかっちりした感じではなく、ややラフに着こなしている。決して褒《ほ》められたことではないと思うが、それも、この迫力《はくりょく》のある美貌《びぼう》にはしっくりとなじんでいた。

ライオネルは優雅《ゆうが》な手つきで紅茶のカップを口に運び、ゆったり半分ほどを飲み干したところで、再び口を開いた。

「おまえが日本に帰ってから、何年になる？」

「……はい……七年になります……」

「七年か……それにしても、ずいぶんと変わるものだ」

何気なく呟《つぶや》かれた言葉に、紫里は再びどきりとなった。

この口ぶりでは、さっきキスを仕掛《しか》けてきた時には、やっぱりまだ気づいていなかったのかもしれない。

だが、キスされたことを思いだしたとたん、紫里の頰がまたいちだんと熱くなった。

話したいことが山ほどある。なのに口づけられたことだけが気になって、何も言葉が出てこない。

「見かけは変わったが、相変わらず大人しいだけか？」

いかにも馬鹿《ばか》にしたように言われ、紫里ははっと我に返った。

「違います。私はもう子供ではありません」

「子供じゃない、か……なるほどな」

ライオネルの声にはまだ皮肉っぽい響《ひび》きがある。

紫里は挑戦《ちょうせん》的に顎《あご》を上げて、話を続けた。

「もう二十二になりました。ここへやって来たのも、祖父の跡《あと》を継《つ》ぎたいと思って」

「ササキの跡を継ぐだと？」

意外そうな顔をされ、紫里は内心で焦《あせ》りを覚えた。

祖父から希望は伝えてあるはずだ。それなのに、なんの興味もなさそうな反応だ。

「あの、ライオネル……いえ、伯爵《はくしゃく》……お許しいただけないでしょうか？」

紫里はここぞとばかりに真剣《しんけん》に頼《たの》みこんだ。

イギリスに……この城館に戻《もど》ってきた第一の目的は、伯爵家の執事《しつじ》になることだ。

「その話は、そうだな……あとから書斎《しょさい》で聞こう」

ライオネルは、何故か上の空といった感じで答える。

勢いを削《そ》がれ、紫里はがっかりしたが、今は我慢《がまん》するしかなかった。

「それでは、よろしくお願いします」

それきりで、ライオネルは口を閉《と》ざした。

機械的に紅茶を飲んでいるだけで、もう紫里の方は見ようともしない。

裏庭へと続くテラスには、明るい陽が射していた。

目の前には深い緑の森と、静かな湖が広がっている。視線を巡《めぐ》らせると、先ほどライオネルにキスされたエルムの木も視界に入った。

ゆったりと過ごすアフタヌーンティーの時間だが、会話が途切《とぎ》れてしまえば、あたりにはぎこちない空気が漂《ただよ》っているだけだ。

紫里は熱い紅茶をひと口飲んで、ふっと息をついた。

七年間、いつも夢に見ていたライオネルが間近にいる。それなのに、ライオネルまでの距離《きょり》が果てしなく遠いように感じられる。

紫里は急激に襲《おそ》ってきた寂しさに、そっとまぶたを伏せた。


紅茶を飲み終えた紫里は、ライオネルに従って書斎へと移動した。

左右の壁《かべ》は高い天井《てんじょう》までぎっしりと書物を詰《つ》めこんだ書棚《しょだな》になっている。部屋の中央にはマホガニーのどっしりしたデスクと、黒革張りのカウチが据えられ、書棚の前にも何脚《きゃく》か、肘掛《ひじか》け椅子が置かれている。床《ゆか》には暗赤色のカーペットが敷《し》かれ、暗くなりがちな部屋の雰囲気《ふんいき》をやわらげていた。

ライオネルは書斎に入ってすぐ、カウチにどさりと座りこんだ。

「どこでも適当に座れ」

「あ、はい……」

急に荒々《あらあら》しい雰囲気となったライオネルに戸惑《とまど》いを覚えつつも、紫里は指示どおりに書棚の前の椅子に腰かけた。

「ササキのことだ。どこか具合でも悪くしているのか？」

心配そうに眉《まゆ》をひそめたライオネルに、紫里は慌《あわ》てて首を振《ふ》った。

「いいえ、祖父は元気です。体調が悪いという話は聞いておりません」

紫里の言葉で、ライオネルがほっと息をつく。

やはり長年仕えていた祖父のことを案じていたのだ。

「健康に問題がないならいい。別にササキの跡継《あとつ》ぎなんか、いらんだろ」

「あ、あの……でも、祖父はもう年ですし」

「ササキの口からは聞いていないが、引退したいとでも言っているのか？」

ライオネルは何故《なぜ》か苛立《いらだ》たしげにたたみかけてくる。

「申し訳ありません。祖父もまだそこまでは……」

祖父の見習いとして、伯爵家に入りたいと希望したのは紫里自身だ。

「そういうことなら、今までどおりでいいだろう。新しい執事見習いなど、いらんな」

あっさりと拒絶《きょぜつ》され、紫里は息をのんだ。

最初からすんなり認めてもらえるとは思っていなかった。でも、これほどはっきり断られるとも考えていなかった。

でも、ここで諦《あきら》めてしまうわけにはいかないのだ。

紫里はすっと席を立ち、改めてライオネルに頭を下げた。

「お願いです、ライオネル。私を見習いとして採用してください。今の私はひ弱だった頃《ころ》とは違います。健康ですし、大学に通う傍《かたわ》らで、執事の職に就《つ》くための研鑽《けんさん》も積んできました。もちろん、祖父ほどのスキルは持ち合わせていません。けれど、足りない部分は祖父から直接教えを受けられます」

紫里は懸命《けんめい》に言葉を重ねた。だがライオネルは昔から頑固《がんこ》なところがある。説得するのは、大企業《だいきぎょう》の就職試験に劣《おと》らぬ関門だった。

「執事など、すでに時代遅《じだいおく》れとなった職だ。ササキが引退したあとは、もう代わりの執事を置くつもりはない」

「でも、有能な執事を置かないと、これだけの館《やかた》は取り仕切れないでしょう」

食い下がる紫里をライオネルは一笑《いっしょう》に付した。

「そんなもの、必要な時には派遣《はけん》を使えばいい。最近ではここに人を招くこともない。それで事足りる」

「そんな……無理です！」

ライオネルはカウチに腰《こし》を下ろしたままで、皮肉っぽく片眉を上げる。

「何が無理だ？」

「だって、館を維持《いじ》するだけでも、大変なのに」

「それも外注の業者に頼めば、どうにかなるだろう」

「ライオネル……」

どこまで行っても平行線をたどる話に、紫里は焦燥《しょうそう》を覚えた。

ライオネルは本気で、祖父を最後の執事にするつもりだ。

貴族の館を管理するのはどれほど大変か。

幼い頃に祖父の仕事ぶりを散々見てきた紫里にはよくわかっていた。莫大《ばくだい》な維持費もさることながら、多くのことを人の手に委《ゆだ》ねなければ、これだけの広さの城館を管理することなど不可能だ。それを円滑に進めていくための責任者が執事だ。

だがライオネルの言うように、最近では必要な時だけ専門職の派遣スタッフを頼むというやり方があることも事実だった。

ライオネルは、紫里の焦燥をよくわかっているようで、面白《おもしろ》そうに笑《え》みを浮《う》かべているだけだ。青灰色の瞳《ひとみ》にも、紫里が困った顔をするのが楽しくて仕方ないといった雰囲気がある。

ライオネルにとって、正当な理由はどうでもいいのだろう。今になって紫里はようやく気づかされた。

「あなたはどうして、そんなに意地悪なんですか？　昔から私のことを虐《いじ》めてばかり」

思わずそう言って責め立てると、ライオネルはふんと鼻を鳴らす。

「意地悪だと？　どこがだ？　おまえのことは歓迎《かんげい》してやっているつもりだぞ。ササキのところに遊びに来たことまで邪魔《じゃま》しようとは思わない。さっきは不法侵入者《しんにゅうしゃ》と言ったが、館の中も自由に歩いていいぞ。許可する」

「違《ちが》います、そうじゃなくて」

「なんだ？」

たたみかけられた紫里はびくりとなった。とっさには答えることができず、唇《くちびる》を噛《か》みしめただけだ。

これでは、昔と少しも変わらない。ライオネルにちょっときついことを言われただけで、めそめそ泣いていた頃と何も変わらなかった。

「一生懸命《いっしょうけんめい》に努めます。お許しいただけるなら、なんでもやります。ですから、どうか私がここにいることを認めてください」

気を取り直した紫里は、真摯《しんし》にライオネルを見つめて頼みこんだ。

するとライオネルは何故か、不快げに視線をそらしてしまう。整った眉がひそめられ、紫里の顔などもう見たくもないといった様子だ。

「ライオネル！　お願いですから！」

紫里はずきりとした痛みにとらわれながらも、懸命に叫《さけ》んだ。

それでもライオネルはこっちを見ようともしない。

もどかしさに駆られ、紫里はライオネルが座っているカウチの前まで進んだ。我知らず床に両膝《りょうひざ》をついて、ライオネルの足に触《ふ》れた。

そのとたん、ライオネルは険しい表情で紫里に向き直る。そしてライオネルの腿《もも》に触れた手を、ぐっと強くつかまれた。

「何をする気だ？」

「あ、ご、ごめんなさい」

夢中だった紫里は慌てて謝った。ライオネルにつかまれた手を引っこめようとしたが、今度は逆にぎゅっと握《にぎ》り返されて、なかなか自由にならない。

「客として滞在《たいざい》するならいい。だが、どうしても執事《しつじ》見習いになりたいなら、条件がある」

「条件？」

「ああ、おまえにはできるはずもないと思うがな」

ライオネルは紫里の手を握ったままで、にやりとした笑みを浮かべた。

何か、よほど意地悪なことでも考えているのだろう。紫里が早々に諦めてしまうように、わざとおかしな条件をつける気だ。

けれど、もう自分は子供じゃない。どんなことがあろうと、目的を達するためなら、我慢《がまん》できると思う。そうでなければ、わざわざイギリスまで来た甲斐《かい》もない。

「なんでもやります。許していただけるなら、どんな条件でものみます」

紫里が毅然《きぜん》と言ってのけると、ライオネルは一瞬《いっしゅん》息をのんだ。

そして表情を改めたライオネルは、紫里が本気かどうかを確かめるように、青灰色の瞳でまじまじと見つめてくる。

紫里は強い視線に負けないように、ライオネルを見つめ返した。

ややあって、ライオネルはゆっくり紫里の手を解放した。

「それなら、条件を言ってやろう。だが、その前にひとつ質問だ。おまえ、執事の使命はなんだと思っている？」

ライオネルの声には何故か冷ややかな響《ひび》きがある。

ぞくりと背筋が震《ふる》えたが、紫里はぐっと怖《こわ》さをのみこんで口を開いた。

「執事は主が快適に過ごす環境《かんきょう》を整えることを使命にしています」

「模範《もはん》解答だな。しかし、ありきたりのサービスなど俺には必要ない。おまえがどうしても俺の執事になりたいと言うなら、そうだな……夜の相手でもしてもらおうか」

「……？」

紫里は一瞬、自分の耳を疑った。

今、ライオネルは信じられないことを言った気がする。

夜の相手？

とても信じられないが、本当にそう聞こえた。

呆然《ぼうぜん》と目を見開いた紫里に、ライオネルはさも満足そうに微笑《ほほえ》む。

思わず引きこまれてしまいそうになるほどの、極上《ごくじょう》の微笑だった。

「ユカリ、おまえにはできないだろう？　だから高望みはしないことだ。ササキにはしばらく休みをやる。ゆっくり甘えたあとは日本に帰れ」

ライオネルは今になって優《やさ》しげな声を出す。

けれども、紫里が条件をのむはずがないと、初めから決めてかかっている言葉だった。

紫里が大きく動揺《どうよう》することを見透《みす》かしたうえで、試しているのだ。

今にして思えば、湖岸でキスしたのも、紫里を諦《あきら》めさせるのが目的だったのかもしれない。

悔しいことに、最初からまったく相手にされていない。

そう思うと、胸の奥からふつふつと怒りが湧《わ》いてくる。

いやだ。絶対に諦めない。こんなことぐらいで諦めたりしない。

「わかりました。その条件、承諾《しょうだく》します」

紫里はきつくライオネルをにらみながら、はっきりと言ってのけた。

そのとたん、ライオネルが唸《うな》るような声を出す。

「なんだと？　おまえ、ほんとにわかって言ってるのか？」

「ええ、わかってます」

毅然と答えると、ライオネルはさらに鋭《するど》く刺《さ》すように見つめてくる。

紫里はライオネルの前で両膝をついたままだった。だから、これ以上ない至近距離《きょり》での対峙《たいじ》だった。

心臓が狂《くる》ったように動悸《どうき》を刻んでいる。

今すぐ、できないと謝った方がいい。

そう囁《ささや》く声も聞こえた気がする。

それでも、紫里は決意を込めて、ライオネルを見つめ続けた。

絶対に自分の方からは、視線を外さない。こんなことでまた負けるのは、どうしてもいやだった。

「好きなようにしろ」

ライオネルがそう吐《は》き捨てた時、紫里はようやく詰《つ》めていた息を吐いた。

これで後戻《あともど》りのきかない道を行くことになった。

けれど、どんなことがあろうと、ライオネルのそばにいたい。

その思いは最初から胸の内にあった。

だから、きっと後悔《こうかい》はしないはずだ。

2

夜もとっぷりと更《ふ》けた頃《ころ》、紫里は城館の中で与《あた》えられた自分の部屋からそっと抜《ぬ》けだした。

少し前に内線を使って祖父と話したので、ライオネルが主寝室《しゅしんしつ》で休む寸前だということはわかっている。

広い廊下《ろうか》はしんと静まりかえっていた。

ライオネルの主寝室は二階だ。紫里や祖父の部屋は半地下にあり、灯《あか》りを落とした暗い階段をのろのろと上っていく。

大変な約束をしてしまったと、ひと足ごとに怖くなるが、紫里は歯を食《く》い縛《しば》ってライオネルの元へと向かった。

断る機会はいくらでもあった。けれど、拒否《きょひ》してしまえば、そこですべてが終わりになってしまう。

いくらゆっくりでも、そのうち二階に到着《とうちゃく》する。紫里は深く息を吸いこんで、主寝室のドアをノックした。

中から密《ひそ》やかな声が響き、紫里は重いドアを開けた。

主寝室はふた間続きとなっている。ライオネルは手前の部屋のソファにゆったり腰《こし》を下ろし、寝酒《ねざけ》を飲んでいた。すでに入浴を終えたようで、紺色《こんいろ》のガウン姿だ。

「逃《に》げださずに、よく来たな」

からかうように声をかけられて、紫里はこくりと喉《のど》を上下させた。

ライオネルは笑《え》みを浮《う》かべながら、ここまで来いというように手招きする。

「失礼……します……」

紫里はか細い声で答え、操《あやつ》られたように室内へと足を踏《ふ》み入れた。

そのままふらふらとライオネルのそばまで歩みよる。

「そこに座れ」

短く命じられたとたん、紫里の心臓はひときわ大きく跳《は》ね上がった。

指さされたのは、ライオネルの真横だ。

いっぺんに緊張《きんちょう》の度合いが高まる。今すぐここから逃げだしたい。だが紫里は、辛《かろ》うじて衝動を抑えこみ、ライオネルの隣《となり》にそっと腰かけた。

「昔はべそべそ泣いているだけの子供だったのに、少しは成長したのか？」

紫里が逃げなかったことに驚いたのか、ライオネルはさも意外そうに問いかけてくる。

「わ、私は……」

紫里が口ごもると、ライオネルはふんと鼻を鳴らした。

「本質はたいして変わらないらしいな。俺が近くにいるだけで、ぴりぴり毛を逆立てている。臆病《おくびょう》な猫《ねこ》と一緒《いっしょ》だ」

「そんな、ことは……ありません」

悔《くや》しいけれど、緊張しているのは隠《かく》しようがない。とにかく今は、逃げださないようにするだけで精一杯《せいいっぱい》だった。

ライオネルはスコッチのソーダ割りを口に運んでいた。

「おまえも飲むか？」

紫里はゆっくり首を左右に振《ふ》った。

本当はウィスキーを一気に呷《あお》って、酔《よ》い潰《つぶ》れてしまいたい気分だ。けれどアルコールには極端《きょくたん》に弱く、舐《な》めた程度でも悪酔《わるよ》いする危険性があった。

酔いの力を借りたいのは山々だったが、ライオネルに介抱《かいほう》される羽目になっては目も当てられない。

「アルコールがいらないなら、すぐにやるか」

「！」

あまりにも簡単に言われ、紫里はぎくりとなった。

ライオネルの腕《うで》が肩《かた》にまわされ、そっと抱《だ》きよせられる。

間近で体温を感じ取ったとたん、紫里はいちだんと身をすくめた。

「こっちを見ろ、ユカリ」

「……あ……」

顎《あご》に手をかけられて、くいっと横を向かされる。

驚《おどろ》くほど近い場所に、青灰色の深い瞳《ひとみ》があって、思わず吸いこまれてしまいそうになった。

おまけにライオネルの唇《くちびる》がさらに近づいて、甘い吐息《といき》までが感じ取れる。

「七年か……ずいぶん、変わったものだ。それに、匂《にお》い立つようにきれいになった。おまえの言うとおり、もう子供じゃなさそうだ。これなら……充分《じゅうぶん》に楽しめそうだ」

「あ……」

冷たい言い方に、紫里の胸は締《し》めつけられたように痛くなった。

――変わった。きれいになった。

それは褒《ほ》め言葉として受け取るべきなのだろう。だが、ライオネルは単に欲望《よくぼう》を処理するための相手として、自分を見ている。

ライオネルに認められたい。

ずっとそう望んできたが、こんなのは認められたうちに入らない。

「ユカリ、逃げるなら今のうちだぞ」

ライオネルは何故《なぜ》か、宥《なだ》めるように紫里の頬《ほお》に手を滑《すべ》らせてくる。

優《やさ》しい感触《かんしょく》に、泣いてしまいそうになるが、紫里は必死に涙《なみだ》を堪《こら》えた。

昔なじみだから、最後の温情をかけられているだけだ。それとライオネルには、無理に紫里を引き留める気もないのだろう。

「わ、私は逃げたり、しない、からっ」

紫里は胸を大きく喘《あえ》がせながら宣言した。

ライオネルはむっとしたように、青灰色の目を細める。

「いい度胸だな、ユカリ。だが、最後にもう一度言ってやる。逃げるなら今のうちだぞ」

「逃げません！」

紫里が叫《さけ》ぶと、ライオネルはにやりと口元を歪《ゆが》めた。

大きな手が髪《かみ》に挿《さ》しこまれ、もう片方の手で頬を包みこまれる。

「それなら、どこまで意地を張っていられるか、見てやろう」

傲慢《ごうまん》な言葉に、紫里はますます身体中を強ばらせた。

ライオネルの親指が頬を滑ってきて、唇の端《はし》を思わせぶりになぞられる。

紫里は息さえも止めて、青灰色の瞳だけを見つめ続けた。

ライオネルは紫里が音を上げるのを待っているような雰囲気《ふんいき》だ。

これから、どうなってしまうのかと思うと、怖《こわ》くてたまらない。湖で口づけられた時も、どう反応していいかわからなかった。

あんなふうに濃厚《のうこう》なキスをされたのも生まれて初めてだったのに、これからライオネルに抱かれることになる。

本当は大声で叫びだしたいほどだ。

「時間切れだ、ユカリ」

ライオネルがふいにそう言って、ソファから立ち上がる。

「あ……」

紫里もまたつられたように立ち上がった。

次の瞬間《しゅんかん》、ぐいっと肩を抱きよせられる。

「来い」

短く命じたライオネルは、紫里の肩を抱いたままで歩きだした。

急に動かれたせいで足がもつれた。ぐらりと倒《たお》れそうになると、ライオネルの腕で力強く支えられる。だが、そのあと再び容赦《ようしゃ》なく強引に歩かされた。

奥のベッドルームには、天蓋《てんがい》のついた巨大《きょだい》なベッドが据《す》えられている。

そのそばまで来て、ライオネルはようやく紫里の身体《からだ》から手を離《はな》した。

「ユカリ、逃げないのはわかった。そのつもりでいるなら、自分で服を脱《ぬ》げ」

「なっ……!」

あまりの言葉に、紫里は唇を震《ふる》わせながら、そばに立つライオネルを見上げた。

青灰色の視線には冷たさだけが宿っている。

紫里がどこまでできるか、まだ試《ため》そうというのだ。

ライオネルの目の前で、自ら肌《はだ》をさらす。それがどれほど恥《は》ずかしいか。

けれど、今さらやめることはできなかった。

紫里はぎりっと奥歯を噛《か》みしめて、ライオネルから目をそらした。そうしてのろのろとスーツの上着を脱ぎ落とす。

ライオネルはそばで刺《さ》すように見つめている。その視線をいやというほど感じながら、紫里はネクタイをほどき、シャツのボタンにも手をかけた。

だが、緊張のせいか、それとも羞恥《しゅうち》のせいか、指が震えてなかなかボタンが外せない。

ライオネルはそんな紫里に見切りをつけたように、大きくため息をついた。

「そんなじゃ、しまいに夜が明ける。もう帰れ、ユカリ」

そう吐《は》き捨てたライオネルは、そのあとごろりとベッドに逞《たくま》しい長身を横たえた。

お遊びはここまでだ。おまえのような子供には最初から興味がない。

本当はそう言いたいのだろう。

紫里はぎゅっと手を握《にぎ》りしめてライオネルに向き直った。

「ちゃんと、やります」

そう言ってのけたあと、急いでボタンを外してシャツを脱ぐ。

だが上半身裸《はだか》になったところで、気負っていた紫里は再び手を止めた。

ライオネルの前ですべてをさらすのは、やはり恥ずかしすぎる。頰がかっと熱くなって、目眩《めまい》までしてきそうだった。

「それで終わりか？　頑張《がんば》ってもその程度じゃな」

ライオネルは嘲笑《あざわら》うように声をかけてくる。

紫里はくっと唇を嚙みしめて、スラックスのベルトに手を伸《の》ばした。

まとわりつく視線で臆《おく》しそうになるのを必死に堪え、下着だけの姿になる。

けれど、意地を張っていられたのは、下着に手をかけたところまでだった。

「ライオネル……っ」

助けを求めるように名前を呼ぶと、ライオネルがすっと上半身を起こして手を伸ばしてくる。

「こっちに来い、ユカリ」

熱っぽい声が響《ひび》いた瞬間、紫里の身体はぐいっとライオネルに引きよせられた。

あっと言う間に視界が反転し、ベッドの上に仰向《あおむ》けで押し倒される。

「あ、ライオネル……んんっ」

ライオネルはいきなり紫里の上に覆《おお》い被《かぶ》さって、嚙みつくように口づけてきた。

今までとは一転して、絶対に逃《に》がさないとでもいったような勢いだ。

紫里が思わず身動《みじろ》ぐと、それさえ許さないように、両手を広げた形でベッドに押しつけられる。


「んっ、ぅう……ん、くっ……ふ、っ」

庭での時とは違《ちが》って、最初から濃厚に口づけられた。歯列を割ってするりと熱い舌が口中に滑りこみ、根元からねっとりといやらしく絡《から》められる。

「……ぅ、ふっ……く……んんっ……」

こんなに激しい口づけは生まれて初めてだった。

けれど、ライオネルの舌が淫《みだ》らに動くたびに、何故か頭まで痺《しび》れていく気がする。

紫里はいつの間にか口づけに夢中にさせられていた。

キスがこんなに甘いものだとは知らなかった。

舌が絡むと、身体中が熱くなる。そして何故か、もっとこの熱い感触を味わいたくなってしまう。

紫里は無意識に自分のほうからも舌を差しだして、もっと深いキスをねだった。

ライオネルはそれに応《こた》えるように甘いキスを続け、紫里の肌にも手を滑らせてくる。

「んう……ん、はっ」

ライオネルの指が剝《む》きだしだった胸の突起《とっき》に触《ふ》れ、紫里はびくりとすくみ上がった。

キスに夢中になってしまい、これから何が起きるのか忘れていた。

思わず目を見開くと、青灰色の瞳《ひとみ》でじっと見つめ返される。

「子供じゃないと言うのは、本当のようだな。ちょっと触れただけで、いい反応をする」

「そんな……っ」

紫里は激しく首を振《ふ》った。

けれど、言われたとおりだ。

胸は最初から剝きだしで、どんなにひどいことを言われても反応は隠《かく》せなかった。

「んっ……あっ！」

芯《しん》を持った先端《せんたん》をくいっと押されて、思わず高い喘ぎを漏《も》らす。

ライオネルはにやりとした笑《え》みを浮《う》かべ、敏感《びんかん》な胸の粒《つぶ》にさらに刺激《しげき》を加えてきた。

硬くなった先端をつままれると身体の芯まで刺激が走り抜ける。

紫里はベッドの上で大きく背をしならせた。

ライオネルは指で左右の粒を順に弄《もてあそ》びながら、首筋にも唇《くちびる》をよせてくる。

耳の下の窪《くぼ》みに息がかかっただけで、びくびく小刻みに身体が震えた。

ライオネルはその敏感な場所に唇を押しあて、そのあときつく吸い上げてくる。

「つっ……うう」

鋭《するど》く感じた痛みのあとで、今度は甘い疼《うず》きが生まれ、下半身にまでどくりと熱がたまった。

「すべすべした肌は、まるで極上《ごくじょう》のシルクだな」

ライオネルはきめの細かい素肌《すはだ》を味わうように舌先を滑《すべ》らせてくる。

首筋から鎖骨《さこつ》のあたりまで舐《な》められただけで肌が粟立《あわだ》ち、さらに体温が上昇した。

ライオネルは長い指で、紫里の髪《かみ》や頬《ほお》を宥《なだ》めるように撫《な》でている。

密着しているだけで昂《たか》ぶっているのに、次々愛撫《あいぶ》を与《あた》えられると、僅《わず》かに残っていた理性さえ保っていられない。

「あ……ふっ……ぅ」

自分がとても心許《こころもと》なくて、紫里は両手を差しだし、ライオネルの首筋に縋《すが》りついた。

「しっとり吸いついてくるような肌だ……一度味わったら二度と離したくないと思ってしまう……まったく、質《たち》が悪い……」

ライオネルはそんなことを呟《つぶや》きながら、紫里の身体を自分から引き剝《は》がした。

そして紫里は息をつく暇《ひま》もなく、うつ伏《ぶ》せでベッドに押しつけられる。

ライオネルの手で滑《なめ》らかな背中をすうっと撫で上げられて、紫里は小刻みに腰《こし》を震わせた。

次には双丘《そうきゅう》に指があてられて、そっと蕾《つぼみ》を剝きだしにされる。

「あ……」

あらわになったその場所に、ライオネルがそっと顔を近づけてくる気配があり、紫里はびくりとすくみ上がった。

恐《おそ》る恐る首を後ろに向けると、ライオネルがとんでもない場所に唇をつけようとしている。

「やっ、ラ、ライオネル……そ、んな場所……っ」

「いやだと？　逃げる時間は散々やったはずだ。今さらだろう」

「やっ、逃げない……っ、でも、そんなことまで、しないでっ、お、お願い」

焦《あせ》った紫里は懸命《けんめい》に身をよじった。

いくら覚悟《かくご》を決めていても、こんな恥ずかしいことまでは耐《た》えられそうもない。

「おまえが俺を受け入れる場所だ。充分《じゅうぶん》に舐めて濡《ぬ》らさないと、おまえが傷つくだろう。それとも、男とやるのは慣れているとでも言いたいのか？」

「そんな……違う……っ」

紫里は必死に首を振った。

けれどライオネルはぐいっと紫里の腰をつかんで押さえつける。そして恥ずかしい蕾を指で何度もなぞり上げてくる。

「やっ、いや、あ……っ！」

いくら拒否《きょひ》しても、今度はライオネルの舌が近づいてくるのを避《さ》けられなかった。

ぴちゃりと唾液《だえき》にまみれた舌が蕾に張りつく。そのまま固い窄《すぼ》まりをほぐすように熱い舌を這《は》わされる。

「ああ……くっ……ふ」

紫里は羞恥《しゅうち》のあまりとうとう涙《なみだ》を溢《あふ》れさせた。

ライオネルに一番恥ずかしい場所を舐められている。

抱《だ》かれる覚悟はしたけれど、これ以上は我慢できそうもない。

けれど、何度も舐められているうちに、そこが徐々《じょじょ》にほぐれていくのがわかる。じわりと身体《からだ》が熱くなり、紫里は知らず知らずのうちに腰を揺《ゆ》らしていた。

それをいいことに、ライオネルは中にまで舌を潜《もぐ》りこませてくる。

「んんっ、うう……」

紫里は枕《まくら》に顔を伏《ふ》せ、両手でぎゅっとシーツを握りしめた。

恥ずかしい……けれど、気持ちがいい。

身体の中までライオネルに舐められている。恥ずかしくて死んでしまいそうなのに、気持ちがよかった。

ライオネルは前にも手をまわして紫里の中心をやわらかく包みこむ。

蕾に舌を這わされている間も張りつめた中心が萎《な》えることはなく、先端からずっと蜜《みつ》をこぼし続けていた。

ライオネルは、淫らな愛撫で紫里が感じていることを、知っている。

「くっ」

充分に濡らされたあと、次には長い指を埋《う》めこまれる。痛みはないが体内を徐々に犯《おか》される圧迫感《あっぱくかん》が耐え難《がた》い。

ライオネルは長い時間をかけて指を奥まで届かせ、それからぐるりと回転させた。

「あああっ」

指で擦《こす》られた場所で、堪《こら》えきれない強烈《きょうれつ》な快感が生まれる。

大きく腰を揺らすと、ライオネルは狙《ねら》ったように同じ場所を刺激してきた。

「ここが気持ちいいのか？」

「や、やだ、そこは……いやっ」

恐怖《きょうふ》を覚えた紫里は首だけ曲げて、必死に頼《たの》みこんだ。

信じられないことに、そこに触れられただけで頭までおかしくなってしまいそうだ。

「ユカリ、覚えておけ。ここがおまえの感じるポイントだ」

面白そうに指摘され、紫里は懸命に首を振った。

「ち、違う」

「どう違う？　おまえが感じているのはわかっている。隠しても無駄《むだ》だ」

ライオネルは苛立《いらだ》たしげに言って、再びそこをぐいっと抉《えぐ》った。

「ああっ！」

とたんに脳天まで突《つ》き抜《ぬ》けるような刺激に襲《おそ》われて、紫里は仰け反った。

あまりに快感が強すぎて、次の瞬間《しゅんかん》にはがくっとベッドに倒《たお》れてしまう。

その間もライオネルは、片手で紫里の腰を支え、いいように中を掻《か》きまわした。

「あっ、ああっ……あ」

張りつめた中心も時折宥めるように握られる。前後を同時に犯されて、紫里は痙攣《けいれん》したように身体を震《ふる》わせた。

入れられた指は二本から三本に増え、先端からひっきりなしにだらだらと蜜がこぼれる。

「あっ、くうっ」

そのうえライオネルは胸にも手を滑らせてきた。

いやらしく尖ったままの粒をきゅっとつままれると、反射的に中に入れられたライオネルの指を締《し》めつけてしまう。

「すごい締めつけ方だ。初めてにしては優秀だ。そろそろいいか」

ライオネルは含《ふく》み笑うように言って、紫里の中から指を抜いた。

ずるりと引きだされていく時にも、知らずにそれを締めつける。擦《す》れた壁《かべ》からはまた強い快感が生まれた。

ライオネルは手早くガウンを脱《ぬ》ぎ捨て、後ろから紫里の腰を持ち上げた。

「ユカリ」

蕩《とろ》けた場所に熱く滾《たぎ》ったものが擦りつけられて、紫里は焦った声を上げた。

「やっ、そんな……後ろからだなんて、いやっ」

「今さら、何を言う？」

両手で腰をとらえられ、ぐっと硬《かた》い切っ先をめりこまされる。

「いやっ、あああ――っ」

紫里は大きく仰け反りながら悲鳴を上げた。

いくら溶《と》かされていても、初めての身にライオネルは巨大《きょだい》すぎる。

それに、ライオネルの顔も見えない体位で犯されたことがつらかった。

「どうした、ユカリ？　力を抜いて全部受け入れろ」

「くっ」

ライオネルはゆっくりと、でも容赦《ようしゃ》なく紫里を貫《つらぬ》いていく。

熱く滾った逞《たくま》しいもので、狭《せま》い場所を無理やりこじ開けられた。

「くそ……なんてきつさだ」

ライオネルは呻《うめ》くように言いながら、前にも刺激《しげき》を与えてきた。そうして紫里が力を抜くのを見計らい、少しずつ確実に灼熱《しゃくねつ》の杭《くい》を押しこんでいく。

「あう……ううっ」

くわえこまされたライオネルの灼熱は、紫里の中を限界まで広げている。これ以上は無理だと悲鳴を上げそうなのに、まだ奥まで進もうとしている。

紫里はただせわしない呼吸をくり返しながら熱いライオネルを受け入れた。

「ユカリ……これで全部入ったぞ……熱くて俺まで溶けてしまいそうだ」

耳元でため息をつくように囁《ささや》かれると、びくりと背筋が震える。

ライオネルはゆっくり腰を揺らし始めた。

「あ……ああ……」

これがライオネルだ……。

熱くて、逞しくて、自信たっぷりに、自分を奥深くまで犯している。

首筋や背中に、宥《なだ》めるような口づけを落としながら、ライオネルはゆっくり動き始める。

もう痛みはなかった。それどころか、硬い切っ先で敏感《びんかん》な壁を擦られるたびに、疼《うず》くような快感が生まれる。

「ユカリ……これで、もうおまえは俺のものだ」

「あ……」

ぽつりと放たれた言葉に、紫里は胸を震わせた。

憧れ続けたライオネルと、身体の奥深くまでひとつに繋《つな》がっている。

それをライオネルも望んでくれていたのだろうか。

じわりと生まれた喜びで、紫里は思わず中のライオネルを締めつけた。

けれど、ライオネルの囁きにはもっと続きがあったのだ。

「くそ……可愛《かわい》かった昔のおまえは、もうどこにもいない」

ライオネルは吐《は》き捨てるように言い、急激に動きを速めた。

濡《ぬ》れそぼった場所から、聞くに堪《た》えない卑猥《ひわい》な水音がした。

「やっ、あああっ」

恥ずかしくてたまらないのに、奥を掻きまわされるたびに嬌声《きょうせい》が上がった。

「あう……あああ……あっ、あ……」

頭が真っ白になって、もう何も考えられない。

これが気持ちいいのか、苦しいのか、それさえわからなくなっていた。

ライオネルはますます激しく動き、隅々《すみずみ》まで余すところなく紫里を貪《むさぼ》り尽《つ》くす。

「ユカリ」

熱っぽい声とともに、ひときわ強く最奥を突かれ、紫里はとうとう高みへと上りつめた。

ほとんど同時に、身体《からだ》の一番深い場所で、ライオネルの欲望《よくぼう》も弾《はじ》ける。

「うう……」

どっと前のめりに崩《くず》れる身体を、背後からしっかりと抱《だ》き留《と》められた。

「ユカリ……」

呼ばれた名前に紫里はかすかに微笑《ほほえ》んだ。

けれど温《ぬく》もりを感じたのはほんの一瞬《いっしゅん》で、紫里の意識はすぐに暗闇《くらやみ》の中に引きずりこまれてしまった。

3

紫里はひ弱で醜《みにく》い子供だった。

母は今でもトップの人気を誇《ほこ》る女優、佐々木芽依《めい》。しかし、そのひとり息子《むすこ》である紫里には父親がいなかった。母は未婚《みこん》で紫里を生んだのだ。

そして母は、父親がいない分を補おうとでもいうように紫里を溺愛《できあい》した。

けれど人気女優の母は忙《いそが》しく、紫里の世話はどうしても保育士や家政婦、マネージャーに任されることが多い。そして、ロケ地などを転々とする不規則な生活が続くうちに、紫里はすっかり虚弱《きょじゃく》な子供になってしまったのだ。

大きな病気を抱《かか》えているわけではないが、風邪《かぜ》を引きやすかったり、アレルギーで湿疹《しっしん》が出たり。それに偏食《へんしょく》もかなりあって、紫里は同じ年頃《としごろ》の子供に比べて、身体も小さく痩《や》せ細《ほそ》っていた。

それでも母の愛情に変化はなかった。身体が弱いせいで引っ込み思案ではあったが、紫里は母の元でしっかり成長していったのだ。

だが、次々と目まぐるしく変わる環境《かんきょう》の中で、さらに紫里に負担をかけたことがあった。

——まあ、紫里ちゃんって言うの？　ママが人気のある女優さんでよかったわね。でも、紫里ちゃんは、あまりママに似てないのね。

——あらあら、紫里ちゃん、好き嫌《きら》いを言わずになんでも食べないと、いつまで経《た》っても、ママみたいに、きれいな子にはなれないわよ。

大半は悪気のない言葉だった。

けれど、まわりの大人たちからそう言われるたびに、紫里は思い知らされたのだ。

ぼくは、お母さんにはちっともにてない。いつも、ぶつぶつばかりできてるし、やせっぽっちだから……。

就学年齢《ねんれい》に達すると、今度は学校でも色々言われるようになった。

——なんだ、おまえのママ、佐々木芽依なんだって？　全然似てないのな。おまえ、ちっともかわいくないしさ、嘘《うそ》じゃないの？

——おまえ、佐々木芽依の子供だって言うけど、父さんいないんだろ？　佐々木芽依にも似てないし、ほんとは貰《もら》われてきた子とかじゃないの？

子供は大人より残酷《ざんこく》だった。

母には似ていない。

紫里の中で大きくなりつつあったコンプレックスが、心ない言葉でさらに増幅《ぞうふく》していく。

紫里は引っこみ思案になり、学校でもほとんど友だちができない状態だった。

そんな中でも母の愛情だけは変わらなかった。むしろ紫里の体調を心配するあまり、過保護になったほどだ。

専用の看護師と家庭教師がつけられて、紫里は常に監視《かんし》されるようになった。けれど、紫里の中ではますます母によけいな心配をかけているという自覚が芽生えていく。

母の気遣《きづか》いは完全に空まわりで、紫里はもっとひ弱な子供になっていったのだ。

そんな生活に変化が訪《おとず》れたのは、紫里が八歳になった頃《ころ》だった。

母にシリーズものの大作映画の主役という大きな仕事が舞《ま》いこんできたのだ。女優としてのキャリアを決定づけるチャンスだった。しかし、その大作は海外ロケも多く予定され、家にいられる時間が極端に少なくなる。

母は紫里のために、その仕事は断るべきなのではないかと悩《なや》んでいた。

母が悩めば、その負担は紫里にダイレクトに降りかかる。紫里はますます体調を崩し、とうとう母までもが、苛立《いらだ》ちを隠《かく》せない状態が続いた。

どうしようもない泥沼《どろぬま》に嵌《はま》りかけた母は、イギリスに住んでいる実父に相談を持ちかけた。

紫里の祖父は由緒《ゆいしょ》ある伯爵家《はくしゃくけ》で執事《しつじ》という仕事に就《つ》いている。祖父は紫里と母の関係を鋭《するど》く見抜《みぬ》き、しばらくの間、離《はな》れて暮らした方がお互《たが》いのためにいいのではないかと助言した。

母はほっとしたように祖父の勧《すす》めを受け入れ、紫里はイギリスの祖父の元で暮らすことになったのだ。

休暇《きゅうか》を取って、日本まで迎《むか》えに来た祖父と一緒《いっしょ》に、紫里はイギリスへ向かった。

そしてオーランド伯爵の城館に到着《とうちゃく》した時、祖父は紫里に優《やさ》しく告げた。

「紫里、これからはお祖父《じい》ちゃんがおまえのそばにいる」

「うん」

母と離れて暮らすことに不安を覚えていたものの、紫里は祖父が大好きだった。

「どうだ、きれいなお屋敷《やしき》だろう？」

「うん、お祖父ちゃん。お屋敷、大きいね。お庭、すごくきれいだ」

「伯爵には許可をいただいた。仕事の邪魔《じゃま》さえしなければ、自由に歩きまわっていいんだぞ。広いから、毎日少しずつ探検してごらん」

「うん、わかった」

祖父は皺《しわ》のよった顔をほころばせて、紫里の頭を何度も撫《な》でる。

そうして、紫里の不安を取り除くべく、うまく庭に興味を持たせたのだ。

紫里の目には、何もかもが珍《めずら》しく映った。

巨大《きょだい》な城の一角で、祖父と一緒に住むというのも新鮮《しんせん》な体験だったし、言われたとおり、湖までである敷地《しきち》は本当に美しく、家に引きこもりがちだった紫里でも、冒険《ぼうけん》して歩きたくなった。

祖父が仕事をしている間、紫里はひとりぼっちになるが、それは少しも苦にならなかった。

今までずっと誰《だれ》かに付き添《そ》われている生活だった。だから、常に人の目を気にしていなければならなかった。それゆえ、紫里は寂《さび》しさよりも、むしろ解放感すら覚えていたのだ。

紫里は一週間ほどかけて、城館の中と敷地内を探検し、その後は図書室で好きな本を借りて、湖のそばの四阿《あずまや》で読書をするのが一番のお気に入りとなっていた。

伯爵家の館《やかた》は巨大すぎて、どこにいてもあまり落ち着かないが、この白い小さな四阿だけは別だ。中にはテーブルとベンチも置かれているので、きれいな湖を眺《なが》めるのと、ゆっくり本を読むという、ふたつの贅沢《ぜいたく》がいっぺんに味わえるところもよかった。

ちょうど夏休みだったので、まだ学校も始まっていない。

母の教育方針で、紫里は五歳ぐらいから英会話を習っていた。それでも、これから、知り合いどころか日本人が誰もいない学校に行くかと思えばかなり不安はあった。

しかし、美しい庭の景色を眺めていると、とてもゆったりした気分になって、そんな不安も忘れていられる。

そうして紫里が新しい環境に慣れ始めた時のことだった。

紫里は初めて、伯爵家の息子《むすこ》、ライオネルに出会ったのだ。

その日、紫里はいつもどおりお気に入りの本を持って、四阿へと出かけた。

風のない穏《おだ》やかな日で、湖面が鏡のように輝《かがや》いていた。真っ青な空と、白いふんわりとした雲がはっきりと映っている。

紫里は四阿のベンチに座って本を読んでいたが、そのうちふと湖の中を覗《のぞ》いてみたくなった。岸辺には巨大なエルムの木があって、涼《すず》しげな木陰《こかげ》を作っている。今日はその根元で本を読むのもいいかもしれない。

紫里は読みかけの童話を小脇《こわき》に抱えて、岸辺まで歩みよった。

そうしてエルムの根っこに腰《こし》を下ろした時だった。

いきなり頭上でザザザと音がして、張りだした枝から何か長くて黒いものがぶらんとぶら下がってくる。

「きゃあ――っ!」

紫里は心底恐怖《きょうふ》を覚えて、悲鳴を上げた。

すぐに逃《に》げだそうと思ったけれど、足がすくんで動けない。

ぺたりと尻餅《しりもち》をついたとたん、目の前にザッと大きな人間が飛び下りてきた。

驚《おどろ》きと怖《こわ》さで、どっと涙《なみだ》が溢《あふ》れてくる。

「おまえ、誰だ? どこから入ってきた? ここは私有地だぞ」

「ひっく……うぅ……ひ、っく……」

飛び下りてきたのは背の高い少年だった。

手をつかまれてぐいっと起こされたけれど、答えるどころではない。

紫里はがたがた震《ふる》えながら嗚咽《おえつ》を上げ続けた。一度堰《せき》を切った涙はなかなか止まらず、盛大にしゃくりあげてしまう。

「泣いてばかりじゃわからないだろ。名前は？　おまえ、どこの子供だ？　この湖は意外と深いんだぞ。こんなところでひとりで遊んでて、もし何かあったらどうするんだ？」

背の高い少年は苛立たしげにたたみかけてくる。

「ひ、っく……ひっく……うぅぅ……っ」

「おい、泣くな！　おまえ、男の子だろう？　男のくせに何、めそめそ泣いてるんだ？　いい加減に泣きやめ」

少年は紫里の両肩《りょうかた》をつかみ、ぐいぐい揺《ゆ》さぶる。

内向的で身体《からだ》も弱かった紫里は、今まで誰からもこんなふうに乱暴な扱《あつか》いを受けたことがなかった。

いっぺんに少年が怖くなり、またいちだんと大きな声で泣いてしまう。

「ちっ、弱虫のガキだ」

少年は見切りをつけるように吐《は》き捨てて、紫里から手を離す。

その時、館の中から慌《あわ》てたように祖父がやって来た。紫里の泣き声を聞いて、飛んできたのだろう。

「申し訳ありません、ライオネル様！　その子供は私の孫の紫里です。何か、ご迷惑《めいわく》をおかけしましたでしょうか？」

黒のスーツを着た祖父は、そう言いながら、紫里の頭をつかんでぐいっと下げさせた。

「ササキの孫か？」

「はい、さようでございます。伯爵のお許しはいただいておりましたが、お邪魔をして申し訳ございませんでした」

祖父はそう言って、深々と頭を下げる。

世間知らずの紫里にも、この少年が伯爵家の人なのだということはわかった。

「別に邪魔だと思ったわけじゃない。名前、なんて言った？」

「紫里でございます」

「わかった。ユカリだな？」

少年に訊《たず》ねられ、紫里は慌てて祖父の後ろに隠れた。

もう涙は止まりかけていたが、今度はものすごく恥《は》ずかしくなってくる。

祖父の後ろからちらりと覗き見ると、少年はとてもきれいな顔立ちだった。ダークブロンドの髪《かみ》に覆《おお》われた顔は、まるで物語の中に出てくる王子様のようだ。

それなのに紫里はびっくりしただけで、この少年の前で大泣きしてしまったのだ。それに、少年はとてもきれいなのに、自分のぶつぶつだらけの顔も恥ずかしかった。

「ササキ、こいつはまだ英語がわからないのか？」

「いいえ、幼少の頃《ころ》より母親が英会話を習わせていたようで、普《ふ》通《つう》に話します」

「ふん、俺にはろくに返事もしなかったぞ」

ライオネルと呼ばれた少年は、呆《あき》れたように言う。

「それは申し訳ございません。あとでよく言い聞かせておきます」

「ま、いいだろう。とにかく湖で遊ぶ時は気をつけるように注意しておいた方がいいぞ」

「は、かしこまりました」

少年はそれだけ言い置いて、あとはもう興味をなくしたようにその場から歩み去っていく。

後ろ姿が見えなくなって、祖父は改めて紫里に向き直った。

「どうした、紫里？　何を泣いていた？　ライオネル様が怖かったのか？」

「ご、ごめんなさい、お祖父ちゃん。木の上から急に人が飛び下りてきて、びっくりしただけ」

紫里は再び泣きそうになりながら、説明した。

小さな子供のように怖がったことが、恥ずかしくてたまらない。

「そうか、このエルムの木は、昔からライオネル様のお気に入りの場所だ」

「え？　だって、あの人、木の上にいたんだよ？」

紫里が目を見開くと、祖父は珍《めずら》しくにっこりとした笑顔《えがお》になる。

「そうだ。いつもあの枝の上で昼寝《ひるね》をしていらっしゃる」

「あんなところで？　だって、寝《ね》てたら、落ちちゃうかもしれないのに」

紫里は頭上を仰《あお》ぎ、しげしげとエルムの枝を見つめた。

とても大きな木だが、枝の上が昼寝に向いているとは思えない。

「ライオネル様はあの枝で、おひとりでいらっしゃるのがお好きなのだ。おまえもあまりお邪《じゃ》魔《ま》をしないように。いいな、紫里？」

「うん、わかった。でもライオネル様は伯爵家《はくしゃくけ》の人なんでしょう？　立派なお部屋がたくさんあるのに、どうして木の上が好きなんだろ？」

素朴《そぼく》な疑問を発した紫里に、祖父はただ、さあ、と首を振《ふ》っただけだった。

ライオネル・クラーク・オーランド——伯爵家のひとり息子《むすこ》は十六歳で、今はパブリックスクールに通っている。紫里がそれを知ったのは、それからまもなくのことだった。


「いやだ、怖いっ！　ライオネル様！　いやだっ！」

紫里はライオネルの手で無理やり馬の上に乗せられて、大きな泣き声を上げた。

「大丈夫《だいじょうぶ》だ。俺が一緒《いっしょ》にいるから、落ちやしない。男の子のくせに泣くな、ユカリ」

「だって、すごく高いんだもの。怖いよ、ライオネル様。もう下ろしてよ」

紺色《こんいろ》のすっきりした乗馬服を着たライオネルは、いくら紫里が頼んでも耳を貸してくれない。

さっさと紫里の乗った葦毛《あしげ》の子馬の手綱《たづな》を引いて、馬場をまわりだす。

紫里は生きた心地《ここち》もなく、両手でぎゅっと鞍《くら》の出っ張りをつかんだ。

細い手綱では心許《こころもと》なかった。ゆっくりと馬場の中を歩くだけだったが、馬上は信じられないほど高くて、目がまわりそうだ。それに一歩一歩進むたびに、馬の背が大きく揺れてバランスを崩《くず》してしまいそうになる。

湖岸で出会って以来、ライオネルは紫里を鍛《きた》えることに興味を覚えたようで、毎日のようにこの騒《さわ》ぎが続いていた。

「ササキから聞いた。おまえは身体が弱いそうだな。本ばかり読んでいるからだ。もっと身体を動かせばいいんだ。夏休みの間に俺が鍛えてやる」

ライオネルはそう宣言して、紫里に無理やり色々なスポーツをやらせたのだ。

伯爵家の跡取《あとと》り息子が使用人の家族の面倒《めんどう》をみる。

それは破格の扱いだった。しかし、当の紫里は怖い思いをするだけで、少しも嬉しくはなかった。

朝のうちは乗馬の練習。午後陽射《ひざ》しが高くなると、湖で水泳の練習までさせられた。

初めて会った時、この湖は危険だと言ったくせに、ライオネルは紫里をそこで泳がせたのだ。

「溺《おぼ》れたら大変だからな。まずはちゃんと泳ぎを覚えろ」

「やだ、ライオネル様！　怖《こわ》い！」

水着をつけた紫里は湖岸で尻込《しりご》みした。

だが逞《たくま》しいライオネルは紫里の手をつかんで、さっさと湖の中まで入っていく。湖底に湧《わ》き水があるとのことで、澄《す》んだ水だった。けれど岸を離《はな》れてすぐに、立つのがやっとの深さになる。

紫里を抱《だ》きかかえるように歩いてきたライオネルは、そこで恐《おそ》ろしいことを言い始めた。

「ユカリ。大きく息を吸って、頭まで水の中に沈《しず》めろ。力を抜《ぬ》いていれば、自然と身体が浮《う》いてくる。さあ、怖くないからやってみろ」

「やっ！」

紫里は恐怖《きょうふ》に駆《か》られて目を見開いた。

「大丈夫だ。ちゃんとそばにいる。おまえが溺れそうになったら、俺が必ず助けてやるから心配するな。八歳にもなって、泳げないなんて恥ずかしいだろ。だから夏休みの間にしっかり特訓してやる」

「でも、怖いもの……」

「怖くない」

いくら訴《うった》えても、ハンサムなライオネルの顔には、からかうみたいな笑みが浮かんでいるだけだ。絶対に許してくれないのは、青灰色の瞳《ひとみ》の光の強さでよくわかった。

「さあ、息を吸え。手を離すぞ」

「やだ！」

紫里は身体《からだ》を強《こわ》ばらせ、手を離されまいと懸命《けんめい》にライオネルに抱《だ》きついた。すでに爪先立《つまさきだ》ちがやっとの深さになっている。そんなところで手を離されれば、それだけで溺れてしまいそうだった。

だがライオネルはいきなりすっと湖底を蹴《け》って、後ろに大きく泳ぎだす。しがみついていた紫里の身体も一緒に、ふわりと水中で浮き上がった。

あっと思った瞬間《しゅんかん》、ライオネルの手が離される。

「いやっ！　……ライ、オっ……ぅぅ」

紫里は慌てて追《お》い縋《すが》った。だがライオネルは遠くでもう立ち泳ぎの体勢に入っている。

「助け、てっ！　あう、っ！　ライっ……」

紫里は闇雲《やみくも》に両手を振りまわした。無理な動きで身体が浮くどころか、逆に水中深くに沈んでしまう。

紫里は恐怖に駆られてさらに手足をばたつかせた。

もがけばもがくほど水中に引きこまれ、大量に水を飲んでしまう。

苦しくて胸が破裂《はれつ》しそうだった。

もう、駄目《だめ》だ！

死んでしまう！

「ユカリ！　馬鹿《ばか》、暴れるな！」

大きな声とともに、紫里の身体はライオネルに抱き上げられた。

「げほっ……ぅう、くっ……っ」

「馬鹿め、力を抜けと言っただろう？　水を飲んだのか？」

ライオネルは仕方なさそうに舌打ちして、紫里を抱《かか》えたままで湖岸に戻《もど》った。

紫里は岸辺でぐったりした身体をうつ伏《ぶ》せにされ、背中を強く叩《たた》かれる。

「さあ、水を吐《は》きだせ」

「ううっ、げほっ……！」

大量の水を吐きだすと、喉《のど》の奥が焼けつくように激しく痛んだ。

身体がぶるぶると震《ふる》えて、涙《なみだ》がとめどもなく溢《あふ》れてくる。

「ううぅ……ひ、くっ……ふっ……ひ……っく……」

紫里は声を上げて泣き続けた。

いやだと言ったのに、どうしてこんな目に遭《あ》わされるのか、ライオネルのことが恨《うら》めしくて仕方がなかった。

「さあ、もう大丈夫だろう。強引《ごういん》な真似《まね》をして悪かった。だがな、男の子がこれぐらいで泣くもんじゃないぞ」

ライオネルは宥《なだ》めるように言って、濡《ぬ》れて震えている紫里をしっかりと抱きしめてくる。

真夏とはいえ、水温は低かった。

溺れかけたショックと寒さで紫里は鳥肌《とりはだ》を立てていたが、ライオネルに抱きしめられているうちに、冷え切った身体が徐々《じょじょ》に温まっていく。

八歳の上のライオネルは、紫里からすれば大人に等しい。紫里を鍛えてくれようとしているのはわかる。しかもライオネルは伯爵家の人だ。自分のような子供につき合ってくれているだけでも、お礼を言わなければならないのだろう。

でも、毎日のように意地悪なことをされ、紫里はどう考えていいかもわからなかった。

ライオネルは優《やさ》しい人なのか、それとも怖い人なのか……。

「ユカリ、ほんとにもう泣くな」

「ラ、ライオネル……様……ひ、っく……」

紫里がようやく声を出すと、ライオネルはふわりと微笑《ほほえ》んだ。

怖さでがちがちになっていた紫里も、この笑顔《えがお》には思わず見とれてしまった。

青灰色の深い瞳で見つめられると、何故《なぜ》だか胸までどきどきしてくる。

本当にきれいだ……ライオネル様は、なんてきれいな人なんだろう。

スポーツならなんでも軽くこなすライオネルの身体は、張りのあるしなやかな筋肉で覆《おお》われている。

それに比べて自分のほうはがりがりで、まるで骨と皮ばかりだ。いくら大人と子供という違《ちが》いがあっても、その差はひどかった。

でもライオネル様は、こんなみっともない自分でも見捨てずにいてくれる。

もし……もし、ありったけの勇気を出して、ライオネル様の言うとおりにすれば、自分も少しはまともになるのだろうか。

ライオネルに抱きしめられているうちに、紫里の胸には今までにない思いが芽生え始めた。

「ユカリ、もう泣きやんだか？　俺はおまえを虐《いじ》めてるわけじゃないぞ？」

「う、ん……ごめん、なさい……ライオネル様、ぼくね……ぼく……もう一回やる」

紫里はなけなしの勇気を振り絞ってそう口にした。

本当は怖くてたまらなかった。またいっぱい水を飲んで、溺れてしまうかもしれない。

でも、その時はきっとライオネル様が助けてくれる。

絶対に、助けてくれるから……。

「いいぞ、ユカリ。いい子だ。よく言った」

ライオネルはいかにも嬉《うれ》しげに笑みを深くして、紫里の濡れた頭を撫《な》でてくる。

褒《ほ》められた紫里は急に気恥《きは》ずかしさを感じて俯《うつむ》いた。

「今日は俺も急ぎすぎた。明日からもう一度練習し直しだ。顔を水につけるところから始めよう。それなら、いいだろ？」

ライオネルに問われ、紫里はこくんと頷《うなず》いた。

今すぐだっていいくらいだ。

不思議にも身体の奥から急に力が湧いて、なんでもできそうな気がしていた。

「よし、偉《えら》いぞ。ユカリ」

「ライオネル様……」

「明日から泳げるようになるまで特訓だ。いいな？」

もう一度確認《かくにん》され、紫里は再び首を縦に振《ふ》った。

するとライオネルにまた頭を撫でられる。

そう……やっぱりライオネル様は優しい人だ。

紫里はその時、心からそう思えたのだった。


その夏、紫里は毎日のようにライオネルのあとをついてまわった。

最初のうち、不器用な紫里は何をやるのも怖《こわ》かった。けれどライオネルが根気よくつき合ってくれるので、瞬《また》く間に元気いっぱいに外を飛びまわれるようになっていた。

ライオネルと一緒《いっしょ》に馬に乗るのも、いつの間にか楽しいひと時となっていた。馬を怖がってわあわあ泣いていたのが、まるで嘘《うそ》のようだ。

「おまえ、顔色がよくなったたな」

ライオネルがそんなことを言いだしたのは、朝から馬に乗って、広大な敷地内《しきち》を何度もまわったあとだった。

休憩《きゅうけい》のため、いつもの四阿《あずまや》で冷たいジュースを飲んでいた時、急にライオネルがまじまじと顔を覗《のぞ》きこんできたのだ。

「ぼくにはよくわかんないけど」

紫里は頰《ほお》を薔薇色に染めながら俯《うつむ》いた。

少しは健康になったと思うけれど、顔にはまだ湿疹《しっしん》のあとが残っている。それなのに、青灰色の瞳でまじまじ覗きこまれるのが恥《は》ずかしかった。

「おまえにつき合ったお陰《かげ》で、今年の夏は俺もずいぶんのんびりできた。だけど、それもあと三日か……もう新学期が始まる」

「え……っ」

紫里は息をのんだ。

ライオネルは有名なパブリックスクール、イートン・カレッジに通っている。十三歳から十八歳までの生徒は皆《みな》、ハウスと呼ばれる寮《りょう》に入るのが普通《ふつう》だ。

こうして遊んでもらえるのは夏休みの間だけ。それは前からわかっていたことだが、改めて言われると悲しくなってくる。

「おまえだって、秋から学校に通うだろ？　うじうじしてないで、ちゃんと友だちを作るんだぞ？」

「はい……」

紫里は辛《かろ》うじてそう答えたが、もし仮に友だちができたとしても、ライオネルとは全然違う。ひとりっ子の紫里は、ライオネルを年の離れた兄のように慕い始めていたのだ。そのライオネルと、今までのように毎日一緒にいられなくなるかと思うと、胸が潰《つぶ》れてしまいそうだった。

「そう言えば、明日は一族の者がここに集まることになっている。子供も何人か来るはずだ。おまえは少し、同じ年頃《としごろ》の子供と遊んだほうがいい。紹介《しょうかい》してやるよ」

「はい」

せっかくの申し出だったが、紫里は上の空で返事をした。ライオネルとの別れが迫《せま》っていることだけが気になって、ほかの子供のことなどどうでもよかったのだ。

翌日のこと。ライオネルに聞かされたとおり、屋敷《やしき》にはオーランド一族の人間が大勢やってきた。

子供もけっこうたくさんいて、大人とは別に、テラスでティーパーティーを行うのだという。

紫里もライオネルの許可を得て、この集まりに参加させてもらうことになっていた。

祖父の部屋で、改まった席に相応《ふさわ》しいジャケットとスラックスに着替える。

「紫里、子供のおまえには言っても仕方のないことかもしれない。だが、ひとつだけ覚えておいてくれ」

「何？　お祖父《じい》ちゃん」

紫里は無邪気に訊《き》き返した。

祖父は困ったように顔をしかめ、ほうっとひとつため息をついてから、再び口を開く。

「私は伯爵家で雇《やと》われている使用人にすぎない。おまえはその孫だ。ライオネル様はおまえにとてもよくしてくださるが、今日、お集まりになるほかの方々も同じとは限らない。おまえは、立場上、なんでも控《ひか》えめにしなければならない」

何やら難しそうな話に、紫里はきょとんとなった。

「お行儀《ぎょうぎ》よくしてればいいんでしょ？　大丈夫《だいじょうぶ》だよ、お祖父ちゃん。それにライオネル様はいつも、ぼくに優しいもん」

「そうだな……ライオネル様は、ありがたいことに、おまえには優しくしてくださる」

「じゃ、ぼくはもう行っていい？　お祖父ちゃんももうお仕事でしょ？」

「ああ、そうだ。私も今日は忙《いそが》しい。正式なディナーもある。おまえには夜まで会えないから、夕食は厨房《ちゅうぼう》のスタッフに頼《たの》んである。いいな？」

「うん、わかった」

紫里は返事もそこそこに祖父の部屋を飛びだした。

新しい紺色《こんいろ》のジャケットは日本にいる母が送ってくれたものだ。今日は大人と同じようなストライプのネクタイも締《し》めている。

自分でも少しはかっこよくなった気がして、早くライオネルに見せたかった。

ティーパーティーの会場となったテラスに行くと、もう十人以上の子供たちが集まっていた。紫里よりも小さい子もいれば、ライオネルとそう変わらない年長の子供もいる。だが、ここは男の子だけの集まりで、女の子は全員、サロンへ行っているという。

大勢からの注目を浴びて、紫里は思わず足をすくませた。

だが、急いで視線を巡《めぐ》らせると、奥の席でライオネルが手招きしている。黒のテールコートに、ピンストライプのスラックスという格好のライオネルは、この場にいる誰《だれ》よりも堂々として、かっこよく見えた。

紫里は飛ぶような勢いで、大きな楕円形《だえん》のテーブルをまわりこみ、ライオネルの隣《となり》に立った。

「みんな、いいか？　こいつはユカリだ。仲よくしてやってくれ」

ライオネルは紫里の頭にちょこんと手のひらを乗せて言う。

子供たちは礼儀《れいぎ》正しく挨拶《あいさつ》してきた。

けれど、紫里はまったく気づかなかったのだが、この時の反応は極《きわ》めて冷たいものだった。

子供同士の情報伝達は意外に早く、紫里が執事《しつじ》の孫であることが知れ渡《わた》っていたからだ。

ティーパーティーの名に恥じず、テーブルにはたくさんのご馳走《ちそう》が並べられていた。子供たちは皆、オーランドの一族とのことだが、地方から訪ねてきた者が多い。皆でそのご馳走にかぶりつきながら、色々な話に興じていた。

紫里もライオネルの隣に陣取《じんど》って、サンドウィッチをぱくつく。

本当は知らない人ばかりで心臓がどきどきしていたのだが、ライオネルが隣にいてくれたので、安心だった。

しかし、そのライオネルが途中《とちゅう》ですっと席を立つ。

「おい、みんな、年長の俺たちは今から大人に挨拶にいく。年少組はここで自由に遊んでろ。いいな？」

突然《とつぜん》の言葉に紫里は不安《ふあん》に駆《か》られた。

ライオネルのほかに三人、年長の子供がテラスの出口に向かっている。

「あ、ライオネル様」

「ユカリ、おまえもみんなと仲よく遊んでろ」

にっこりとした笑顔《えがお》で告げられて、紫里は追いかけていきたくなるのをぐっと我慢《がまん》した。

男の子なんだから、もっと強くなれ——。

ライオネルにはしょっちゅう、そう言われていた。だから、これぐらいは我慢しないといけない。

「わかりました、ライオネル様」

紫里は気丈《きじょう》に笑みを浮《う》かべて、ライオネルたちを見送った。

残った年少組は、彼らの姿が見えなくなったと同時に、わっと騒《さわ》ぎ始めた。

「おい、外へ行こうぜ。いい加減、お行儀よくしてるのも飽《あ》きた」

「そうだな、外でフットボールでもやるか」

かけ声に応じて、中のひとりがさっそくサッカーボールを調達にいく。

湖に面した芝生《しばふ》の上がフィールドになり、ゴールには簡単なネットも張られる。

「全部で九人か……ちっ、ひとり足りないな」

「不公平になるから、ひとりは審判《しんぱん》やれよ」

「えー、審判？　つまんねーな。だけど仕方ない。その代わり、誰がなるかはじゃんけんだぞ？」

準備を終えた子供たちが次々にそんなことを言い始める。

紫里はすぐ近くで、黙《だま》ってその様子を眺《なが》めていた。

紫里を入れれば十人になるのに、やはり仲間とは認めてもらえないらしい。

さほどがっかりすることもなく見守っていると、子供たちはすぐ四人ずつのチームに分かれてボールを蹴《け》り始めた。

芝生の庭は広く、皆が歓声《かんせい》を上げてボールを追う。

だがしばらくして、審判にまわされていたひとりの少年が、我慢できなくなったように紫里を指さした。

「おーい、俺もやりたい。だから、こいつにもやらせようぜ」

皆の視線がいっせいに向けられて、紫里はどきりとなった。

「こんなやつ、入れるのか？　使用人の子だろ？」

「だって、俺ひとり審判なんて、つまんないもん」

「だけど、こいつ、フットボールできるのか？」

子供たちはゲームを中断して、紫里のまわりに集まってきた。

じろじろと眺められ、紫里はびくりとなった。けれど、その時、ライオネルに言われた言葉が頭をよぎる。

紫里は勇気を振《ふ》り絞《しぼ》って口を開いた。

「ぼく、できるよ、フットボール……ライオネル様に教えてもらった」

恐々《こわごわ》言うと、子供たちがいっせいに爆笑《ばくしょう》する。

「ぼく、できるよ、フットボール……ライオネル様に教えてもらった……アハハ」

茶色の巻き毛をした子に、口真似《くちまね》され、紫里は真っ赤になった。

ライオネルや祖父には今まで一度も注意されたことはなかったが、きっと慣れない英語の発音がおかしかったのだろう。

けれど、子供たちの攻撃《こうげき》対象は、信じられないことにライオネル自身だったのだ。

「さすが、母親の身分が低いと、使用人にも優《やさ》しいんだな」

「ああ、ほんとは伯爵《はくしゃく》の血を引いていないという噂《うわさ》もあるしな」

「爵位《しゃくい》はライオネルじゃなくて、ジョージかクリストファーが継《つ》いだ方がいいって、大人たちも口を揃《そろ》えて言ってるぜ」

にやにや笑いながら言われた言葉に、紫里は蒼白《そうはく》になった。

内容がすべて理解できたわけではないが、皆がライオネルを貶《おとし》めていることだけはわかる。

あんなに優しくて素敵《すてき》な人を悪く言うなんて、絶対に許せない。

「ライオネル様の悪口はやめてください！」

勢いよく言うと、皆《みな》、一瞬《いっしゅん》あっけに取られたような顔になる。

大人しいだけの印象だった紫里が逆らったことが、信じられなかったのだ。

「おまえ、使用人のくせに、ずいぶん生意気な口をきくな」

「いったい、誰に向かってものを言ってるんだ？」

子供たちはいっせいに紫里を責め立てた。

「ぼ、ぼくは……」

思わず反撥《はんぱつ》してみたものの、相手は九人だ。

ライオネルの悪口は許せない。その気持ちに変わりはないが、紫里はすっかり怯《おび》えてしまった。

「ふん、おまえ、フットボールが得意だって言ったな？　どれだけ得意か、やってみせろよ」

中のひとりが、どんと紫里の肩《かた》を小突《こづ》く。

「あっ」

よろけた紫里に、ほかの子供もたたみかけてくる。

「まずはボールを取ってこいよ」

「ああ、俺が蹴ってやる」

ボールはあらぬ方角へと蹴りだされた。勢いよく芝生の上を転がるボールは、真っ直《す》ぐ湖へと向かっている。

「あっ」

「ほら、早く行かないと、湖に落ちちゃうぞ」

「何してんだ？　早く取りにいけよ！」

怒鳴《どな》られた瞬間《しゅんかん》、紫里は走りだした。

ここで、できないなどと言えば、きっとまたライオネルが馬鹿《ばか》にされる。

そう思った紫里は懸命《けんめい》にボールを追いかけた。

しかしボールは湖へ向かって下り坂となった斜面《しゃめん》を、スピードを増して転がっていく。

「ああっ！」

紫里は必死に走ったが、ボールは結局湖の中へと落ちてしまった。

「あーあ、ぐずぐずしてるからだろ。おまえ、責任持ってボール取ってこいよ」

「早くしろったら！　おまえ、ライオネルにボールの取り方を教えてもらわなかったのか？

まったく、できない先生だぜ、ライオネルも」

紫里はきっと、暴言を吐《は》いた子供を振り返った。

「ボールはちゃんとぼくが取ります！　だから、ライオネル様を悪く言わないで」

必死に訴えると、皆、白けたように両手を広げる。

「ふん」

中には、どうせできっこないだろうと言いたげな子もいて、紫里は悔《くや》しさに駆られた。

湖に視線を戻《もど》すと、ボールはまだ岸から一メートルほどの距離《きょり》にあった。静かな湖面に、丸い波の輪が幾筋《いくすじ》も広がっている。

あたりを見まわしたが、長い棒などはあるはずもない。

紫里はきゅっと唇《くちびる》を噛《か》みしめて、湖の中へと足を踏《ふ》みだした。

すぐそこまでだから大丈夫《だいじょうぶ》。歩いていける。それに泳ぎだってライオネル様に教わった。

身体《からだ》の力を抜《ぬ》いていれば、ちゃんと浮く。絶対に溺《おぼ》れたりしない。

足首から膝《ひざ》へ、そして次には腰《こし》あたりまで。紫里は水に浸《つ》かりながら、ボールを目指した。

水温が低く、濡《ぬ》れた布地が身体に張りついて、重くなっていく。

でも、あと少しだから。

紫里はそっと両手を伸《の》ばして、また一歩前へと歩いた。

けれど手に触《ふ》れる寸前、無情にもボールがすうっと離《はな》れていく。

「あっ」

紫里自身が立てた波で、ボールの位置が遠くなったのだ。

もっと、素早《すばや》く手でつかまないと駄目《だめ》だ。

紫里はそう思って、大きく前へ身体を乗りだした。

その瞬間、湖底につけていた靴がずるっと滑《すべ》り、体勢を崩《くず》した紫里は頭からずぶ濡れになった。

「ああっ！　……っく……ぅ」

焦《あせ》った紫里は懸命にバランスを取った。

だが、まだ足が届いていたはずなのに、立つことができない。そのうえぐっしょり濡れた服が信じられないほど重くて、ろくに動くこともできなかった。

「……うっ！　ぅ、くっ……はっ……ぅぅ」

紫里は大量に水を飲んでしまい、ますますパニックに襲《おそ》われた。

必死に手足をばたつかせても、身体が沈《しず》む。

ライオネル様、助けて！

心の中で叫《さけ》んだのを最後に、紫里はとうとう意識をなくしてしまった。


ユカリ、上手になったな。ちゃんと泳げてるぞ……。

でも、ライオネル様、身体が重くて沈んでしまうよ。

大丈夫だ。心配するな。俺がついている。

でも、身体中燃えてるみたいに熱いよ。

「ユカリ……ユカリ……ちっ、まだ気がつかないか。ユカリにもしものことがあったら、あいつら絶対に許さないからな」

怒《おこ》ったようなライオネルの声が聞こえて、紫里はふっと微笑《ほほえ》んだ。

自分は眠《ねむ》っているのだから、これはきっと夢だ。

でも、ライオネル様がベッドのそばにいて、ぼくの手を握《にぎ》っているなんて、変な夢だな。

身体が熱くて、息もぜえぜえと苦しい。

だけど、ライオネル様がそばにいてくれるなら、こういう夢でもいいや。

額に冷たいものが載《の》せられていた。けれど、それが時折、ライオネルの大きな手に代わる。

ライオネル様……。

優しい感触《かんしょく》が嬉《うれ》しくて、紫里は再びうっすらと微笑んだ。


紫里が意識を取り戻したのは三日目の朝だった。

「あれ？　ぼく、どうしたのかな……？」

ベッドの上でまぶたを開けた紫里は、一瞬、自分がどこにいるのかわからなかった。

部屋の様子からすると、自分のベッドで寝《ね》ていたらしいが、いつからここにいたのか、まったく覚えていない。

「ユカリ、目が覚めたか？」

祖父が近づいてきて、いつもどおりの落ち着いた声を出す。

「お祖父《じい》ちゃん、どうしたの？　それに、ぼく……いつから寝てたんだろ？」

紫里の声は反対に、ひどく掠《かす》れていた。少ししゃべっただけで、喉も痛くなった。

「おまえは湖で溺れたんだ。高熱を出して、それから三日ほど寝こんでいた。まったく、ライオネル様に助けていただかなかったら、どうなっていたことか」

「溺れた？」

紫里はその時のことを思いだし、目を見開いた。

ボールに手が届かなくて、足まで取られて、もう駄目だと思ったんだ。

ライオネル様、助けてって、叫んだ。

それじゃ、あの時本当にライオネル様が助けてくださったんだ。

紫里はいっぺんに胸が熱くなり、心配そうに覗《のぞ》きこんでいる祖父にたたみかけた。

「お祖父ちゃん、ライオネル様は？」

祖父は何故《なぜ》か悲しげな目で、そっと紫里の頭を撫《な》でる。

「ライオネル様は、もう出発された」

「えっ？」

紫里は呆然《ぼうぜん》となった。

「新学期が始まったからな。週末には家に戻られる方が多いと聞くが、ライオネル様はおそらく、長期の休暇《きゅうか》の時しかこのお屋敷《やしき》に帰ってこられないだろう。今までもずっとそうだった」

しみじみとした声を出す祖父に、紫里の胸は急激に萎《しぼ》んだ。

それなら、もうライオネル様はいないのだ。

今日も、明日も、明後日《あさって》も……。

助けてもらったお礼も、お別れも言えなかった。

4

「ユカリ、そろそろ起きろ」

肩《かた》を何度か揺《ゆ》すられて、紫里ははっと我に返った。

気づいてみれば、ここは主寝室《しゅしんしつ》で、ライオネルのベッドでぬくぬくと横になっていた。

しかも室内には朝の光まで届いている。

「も、申し訳ございません！　すぐに……あ、つ、っ」

慌《あわ》てて上半身を起こした紫里は、あらぬ場所に走った疼痛《とうつう》で顔をしかめた。

身体の奥深くにまだ違和感《いわかん》が残っている。

否応《いやおう》もなく、ライオネルに抱《だ》かれてしまったことを思いだし、紫里はかっと頬《ほお》を染めた。

「身体がつらいなら、ずっとここで寝ていてもいいぞ。だが、時間になればおまえの祖父が顔を出す。俺はササキに言い訳などしないぞ」

逞《たくま》しい身体にガウンを引っかけたライオネルは、からかうように言う。

紫里はますますいたたまれなくなった。

「祖父には黙《だま》っていてください」

なんとしても祖父の跡《あと》を継《つ》ぎたかったが、身体まで使ってその地位を手に入れたとなれば、祖父を失望させるだけだろう。

「それなら、どうする？　おまえの部屋まで抱いて連れていってやろうか？　それも目立ちそうだがな」

ライオネルはベッドサイドの椅子《いす》に腰かけて、優雅《ゆうが》に腕《うで》を組んでいる。

砕《くだ》けた口調だったが、紫里は悲しくなった。

昨夜抱かれたのは、契約のうちだった。それを思いだせば、自然と気持ちが沈む。

けれど、ここでへこたれていても仕方がない。

「シャワーを……シャワーをお借りします」

「そうか、じゃあバスルームまで運んでやる」

「け、けっこうです！」

「遠慮《えんりょ》するな。腰《こし》がだるくてまともに立てないと思うぞ」

「！」

紫里はさらに頬を赤くした。

これ以上、議論を続けても埒《らち》があかないと、羽毛《うもう》の上掛《うわが》けをはね除《の》け、そっと両足を下ろす。

けれど立ち上がろうとしても、足にはまったく力が入らず、さっそくその場でぐらついてしまった。

「だから遠慮するなと言ったんだ。さあ、俺につかまれ」

ライオネルの腕が伸《の》びて、しっかりと抱き支えられる。

情けないことこの上ないが、それでもさっさとシャワーを浴びて身繕《みづくろ》いを終えなくてはならない。

驚《おどろ》いたことに、主寝室のバスルームには湯気が充満《じゅうまん》していた。バスタブに熱いお湯がたっぷり張られていたのだ。

この時間にわざわざ使用人を呼ぶことはないはずだ。と、なれば、バスを用意したのはライオネル自身ということになる。

「これ、ライオネル様が？」

「ああ、ゆっくり湯に浸《つ》かれば、多少はましに動けるようになるだろう」

ふんわりしたバスタオルまで押しつけられて、紫里はおおいに戸惑った。こんなふうに優しくされると、調子が狂う。

「ありがとうございます」

ともかくライオネルの厚意に甘えることにして、紫里は小さく礼を言った。

薔薇《ばら》の香《かお》りのする湯に浸かると、強《こわ》ばっていた身体《からだ》が徐々《じょじょ》にほぐれていく。

一時に色々なことがありすぎた。これからどうすればいいか、まだ考えがまとまらない。だから、今はライオネルのそばにいる権利を得たことだけで満足するべきなのだろう。

バスルームで身体を洗い、すっきりと身繕いを終えた紫里は、再びライオネルの前に立った。

「とりあえず、なんとかササキをごまかせそうだな」

「はい、ありがとうございます」

思わせぶりな言い方に、また顔が熱くなる。

「俺もシャワーを浴びてくる。おまえはそこで待ってろ」

ライオネルはそう言い置いて、さっさとバスルームに消えた。

「あ、お湯！」

紫里がはっと思った時は、もうシャワーの水音が響《ひび》いていた。

自分が使ったあとはきれいにしておいたが、新しく湯を張るのをすっかり忘れていた。

気がきかないにもほどがある。これでは明らかに執《しつ》事失格だ。

紫里は張りつめていた気持ちが萎むようで、深いため息をついた。

紫里の祖父が主寝室に紅茶を運んできたのは、それからまもなくのことだった。

ライオネルはすでにスーツに着替《きが》えており、乱れたベッドも軽く整えてある。それでも、紫里は祖父の視線が気になって、居心地《いごこち》の悪さに身を強ばらせたままだった。

「おはようございます、伯爵」

祖父はライオネルの寝室《しんしつ》に紫里がいたことには驚いた顔も見せず、淡々《たんたん》と挨拶《あいさつ》する。長年培《つちか》ってきたプロ意識の賜《たまもの》なのか、見事としか言い様のないポーカーフェイスだ。

「ササキ、ユカリのことでおまえにも話がある」

「なんでございましょうか？」

祖父は静かな声で訊《たず》ねたが、紫里はびくりと緊張《きんちょう》した。

ライオネルはいったい何を言いだす気なのだろう？

「ふたりとも、そこに座れ」

ライオネルは、祖父が紅茶のカップを載《の》せたテーブルを指さした。

「伯爵《はくしゃく》、私はこのままでお伺《うかが》いいたします」

祖父は律儀《りちぎ》に言い返す。

自分だけ座るわけにもいかず、紫里も祖父の隣《となり》に並んだ。

「いいから座れ、ササキ。命令だ」

うんざりしたように重ねられ、さしもの祖父も根負けする。

紫里と並んで向かい側に腰を下ろすと、ライオネルはようやく本題を切りだした。

「ユカリを執事見習いにする件だが、やはりどう考えても無理だ」

「待ってください、ライオネル様！　それでは約束が違《ちが》います！」

紫里は思わず目を見開いた。

今になって約束を反故《ほご》にするなど、ひどすぎる。

「紫里、伯爵になんという口のきき方をする？　立場をわきまえなさい」

祖父は怖《こわ》い表情で紫里をにらんできた。

「とにかく、オーランド家の執事は、ササキ、おまえの代で終わりだ。そして、ユカリ……どうしても日本に帰りたくないと言うなら、おまえには別の仕事をやってもらう」

「別の仕事です……か？」

紫里は呆然《ぼうぜん》とくり返した。

もしかしてライオネルは、夜の世話のことを言っているのだろうか。

「前にも言ったように、邸内で俺の世話をする必要はない。だからユカリには、外での仕事も手伝わせる」

紫里はいっぺんにどきどきと鼓動《こどう》を速めた。

執事も大変な役目だが、ライオネルの仕事まで手伝えるなんて、本当に夢のようだ。

「紫里でお役に立ちましょうか？」

「さあな、わからん」

心配そうな声を出した祖父に、ライオネルはにべもない答えを返す。

眼差《まなざ》しも冷ややかで、紫里は膨《ふく》らんだ胸が急に萎《しぼ》んでいくような感覚にとらわれた。

ライオネルはやはり自分のことを認める気はないのだろう。

でも、ここで諦《あきら》めてしまっては、なんのためにイギリスまで来たのか……そして、なんのために昨夜、ライオネルに抱かれてしまったのか、わからなくなる。

「やらせていただけますか、ライオネル様？」

「言っておくが、俺は甘い顔をする気はない。ついてこられるなら、勝手にしろ。しかし、おまえが役に立たないとわかった時点で、即刻《そっこく》日本に帰ってもらう。それでいいな？」

「わかりました」

紫里がじっと見つめて言うと、ライオネルは何故《なぜ》かすっと視線をそらす。

あとはもう取りつく島もないという雰囲気《ふんいき》で、紫里は心の内でため息をつくしかなかった。


紫里はその日からさっそく、ライオネルの仕事の手伝いをすることになった。

オーランド家が展開している事業とは別に、ライオネルは個人でもホールディングカンパニーを所有している。そしてライオネルは、館《やかた》の書斎《しょさい》でその仕事をこなすことが多いという話だった。

「ユカリ、この資料を読んでおけ」

ライオネルはそう言って、マホガニーのデスクの上を指さす。

そこにはクリップで綴《と》じられた書類が山と積まれていた。

紫里は命じられたとおりにその書類を手にした。中を開いてみると、株を所有している会社の情報がぎっしりと詰めこまれたものだった。

「これをどうすればいいのですか？」

紫里は戸惑《とまど》いを覚えつつ、ライオネルを振《ふ》り返った。

「資料を読みこんで、事業内容を覚えろ」

「え？」

「期限はつけない。時間がある時にやればいい。一時間後には外出するぞ」

「あ、はい」

紫里が答えたと同時に、ライオネルは壁際《かべぎわ》に移動してクラシックなライティングデスクを開けた。

中にはパソコン用の機器が収められている。

さっそく電源を入れて何かのチェックを始めたライオネルを見て、紫里はため息をつきそうになった。

この先を考えると気が重くなる。大学では経済学部に在籍《ざいせき》していたが、どこまでついていけるか自信がなかった。

しばらくして、ライオネルが唐突《とうとつ》に席を立つ。

「出かける。おまえもついてこい」

「は、はい」

資料を読み始めたばかりだった紫里は、書斎を出ていくライオネルを慌《あわ》てて追いかけた。

廊下《ろうか》に出ると、タイミングを計ったかのように祖父が立っている。

「お出かけでございますか？　お車の方はいかがいたしましょう？」

「自分で運転するからいい」

「かしこまりました」

そんな短いやり取りのあと、ライオネルはさっさと廊下を歩いていく。

紫里は途方《とほう》に暮れて祖父を振り返った。

祖父も困惑《こんわく》気味の顔をしていたが、しっかりと頷《うなず》かれる。

できる限り頑張《がんば》ってみろ——。

そう言われている気がして、紫里は沈《しず》みがちな気持ちを奮い立たせた。

屋敷の端《はし》にある車庫には、何台もの車が並んでいた。

ライオネルが姿を見せると、どこからともなく黒の制服を着た男が現れる。男は運転手なのか、手に車の鍵《かぎ》を持っており、それをさりげなくライオネルに渡《わた》した。

「隣に乗れ」

「はい」

紫里は命じられるままに小型のスポーツカーの助手席に収まった。

ライオネルはすぐにエンジンをかけて、車を発車させる。

建物を迂回《うかい》してアプローチに出ると、前に迫《せま》った門の扉《とびら》がすーっと開く。

いつもの守衛が深々と頭を下げて見送る中、ライオネルはスピードを上げて、その門をとおり過ぎた。


ライオネルが車を向けたのは、ロンドンの中心にあるシティと呼ばれる場所だった。世界の金融《きんゆう》市場の中心ともなっているところだ。

あるビルの前に車を横付けしたライオネルは、赤い制服を着たポーターに鍵を預ける。

「二時間後に出る」

「かしこまりました、伯爵《はくしやく》」

頭を下げたポーターは、己《おのれ》の職務をしっかり把握《はあく》しているのだろう。

紫里は何も知らない自分のことを考えて、ポーターが羨《うらや》ましくなった。

リフトで最上階まで行ったライオネルは、広い会議室に顔を出した。

そこには十名ほどの若いスタッフが揃《そろ》っており、大きな楕円《だえん》形のテーブルを囲んで盛んに意見を戦わせている最中だった。

「ミスター・オーランド」

ライオネルに気づいたひとりの青年が慌てたように腰《こし》を浮《う》かす。

それから次々に立ち上がるスタッフたちを、ライオネルは片手を上げて制した。

「挨拶《あいさつ》は必要ない。そのままでいいから話を続けろ」

「はい、わかりました。ミスター・オーランド」

スタッフは皆《みな》、ライオネルににっこりした笑《え》みを向け、再び会議を続ける。

紫里が驚《おどろ》いたのは、ライオネルへの敬称《けいしょう》だった。

伯爵への呼びかけには『マイ・ロード』が使われるのが普通《ふつう》だ。しかし、誰《だれ》もそんなふうには呼びかけなかった。

ライオネル自身、貴族というには型破りな部分がある。その影響《えいきょう》を受けてのことだろうが、紫里はなんとなく釈然《しゃくぜん》としないものを感じた。

しかし、はっと気づくと取り残されているのは自分ひとりだ。

ライオネルはいつの間にか会議の中心となって、何事かを熱心に話している。

今の世界情勢に合わせ、外貨がどう動くかといったような話で、紫里にはとても理解できない内容だった。

それに紫里には誰も席を勧《すす》めてくれず、そのまま部屋の隅《すみ》に立っているしかない状態だ。

仕事の手伝いもできるなんて、こんなチャンスは見逃《みのが》せない。

そう思っていた自分が惨《みじ》めになってくる。

ライオネルが声をかけてきたのは、紫里が悔《くや》しさで唇《くちびる》を噛《か》みしめていた時だった。

「ユカリ、ここでは別に用はない。休んでいてもいいぞ。ミーティングが終わるまで、下の休《きゅう》憩《けい》室でお茶でも飲んでいればいい」

言葉《ことば》尻《じり》は親切そうでも、紫里は邪魔《じゃま》にされたも同然だった。

けれど、言われたとおり、なんのスキルも持たない自分にできることは何もない。

「それでは、失礼いたします」

紫里はそう言って会議室から退散するしかなかったのだ。

ライオネルはポーターに予告したとおり、二時間を会議室で費《つい》やした。

休憩室で所在なく時間を潰《つぶ》していた紫里は、迎《むか》えに現れたライオネルを見て、ほっと息をついた。

しかし、ライオネルの方はそっけない言葉をかけてきただけだ。

「行くぞ。時間がない」

「あ、はい」

紫里は感傷に浸《ひた》る暇もなく、慌てて席を立った。

ライオネルが次に向かったのは、オーランド家が昔から所有する銀行だった。

古い歴史を感じさせるビルだ。

ライオネルは前の会社と同じように、そのビルの前にスポーツカーを横付けしたが、今度は出迎《でむか》えた者との間に一悶着《ひともんちゃく》があった。

「伯爵、ご自分でお車を運転してこちらへお出《い》でになるのは、いかがなものかと……」

銀髪《ぎんぱつ》を後ろに撫《な》でつけた年配の男が困ったような顔で言う。

重厚なビル内には赤の分厚いカーペットが敷《し》きつめられており、フロアを行き来する人間もきちんとしたスーツを着た年配者が多かった。

「俺がどの車で来ようと、どうこう言われる筋合いはないと思うが」

ライオネルは男の注意など歯牙《しが》にもかけない態度で、奥へと進んでいく。

紫里も遅れずについていこうとしたが、その前に年配の男がすっと立ちはだかった。

「何者だ？　許可のない者を奥《おく》にとおすわけにはいかない」

「私は、あの……」

咎《とが》められた紫里は、とっさにはどう反応していいかわからなかった。

だが先へ行きかけていたライオネルが、さっと振《ふ》り返る。

「それは俺の秘書にした者だ」

「秘書、ですか？　そういうことでしたら、仕方ないですが、事前にお知らせいただかねば、対応のしようがありません」

銀髪の男は、いかにも気にくわないといったように、紫里の全身を眺《なが》めまわしている。

それにしても、この男の態度には納得《なっとく》のいかない部分がある。

オーランド銀行といえば、イギリスでも古くからある名門だ。所有者は伯爵となったライオネルのはずなのに、男はことごとく反対せずにはいられないようだ。

もしかして、ライオネルのことをよく思っていないのではないだろうか。

紫里がそんな考えを巡《めぐ》らせているうちに、奥からは続々と重役らしき男たちが姿を現した。

「いらっしゃいませ、伯爵」

「今日、こちらにお立ち寄りになるとは、伺《うかが》っておりませんでしたが？」

「今日はなんの御用《ごよう》がおありだったのでしょう」

重役たちはあっと言う間にライオネルを囲み、慇懃《いんぎん》に挨拶してくる。

しかし、どの男も、ライオネルに対する尊敬の念が薄《うす》い気がして、紫里はますます戸惑《とまど》いを覚えた。

「要求した報告がいつまで経《た》っても届かない。だから仕方なく自分で足を向けたまでのことだ。ちょうどいい。暇《ひま》そうにぞろぞろと雁首《がんくび》を揃《そろ》えて出てきたところを見れば、たいした仕事もないのだろう？　これから臨時で会議を開くことにする。言いつけておいた報告書も会議室に運ばせてくれ」

ライオネルはじろりと重役たちを見まわして命じた。

何か後ろ暗いことでもあるのか、彼らは皆、ばつが悪そうに顔をそむける。

ライオネルはなかなか行動を起こそうとしない彼らに見切りをつけ、自ら会議室へと進んでいった。

「あの、私はどこにいれば？」

会議室の前まで来て、紫里はライオネルに訊《たず》ねた。

前の会社でのことがある。予備知識を何も持たない自分が役に立つ場面ではない。

「おまえも一緒《いっしょ》に来い。タヌキ爺《じじい》どもの顔でも観察してろ」

「え？」

予想外の言葉に紫里は首を傾げた。

ライオネルはおかしげに口元をゆるめる。

「ここはオーランド一族の爺どもの吹《ふ》き溜《だ》まりみたいな場所だ。連中はいまだに俺が爵位《しゃくい》を継《つ》いだことを納得していない。なんでもいいからケチをつけようとしているんだ」

「そんな……」

ライオネルはなんでもないことのように言うが、紫里は驚きを隠《かく》しきれなかった。

オーランド一族の中には、昔からライオネルをよく思っていない人たちがいることは知っていた。しかし、それが今でも続いていたなど、とても信じられなかった。

天井《てんじょう》にシャンデリアが吊《つ》られた、豪華な会議室だった。長方形の巨大《きょだい》なテーブルに、天鵞絨《ビロード》張りの肘掛《ひじか》け椅子《いす》が並ぶ部屋は、貴族の館《やかた》をそのまま模したような雰囲気《ふんいき》だ。

ライオネルはゆったりと席に着き、紫里もそばの椅子に腰かけた。

しかし、ほかの重役たちはまだ抵抗《ていこう》しているのか、なかなか着席しない。

それとなく見守っていると、中には見覚えのある顔もあった。

まだ子供だった紫里は、詳《くわ》しく知らなかったが、ライオネルには大勢の敵がいたのだろう。

同じ一族なのに、いがみ合うなど、ライオネルはどんな気持ちでいたのだろうか。

紫里が物思いにとらわれている間に、ようやく会議が始まる。

ライオネルは、伝統だけに頼《たよ》りきって、実益が落ちてもなんの改革も進めようとしない重役たちを鋭《するど》く攻撃《こうげき》した。

「この場にいるあなた方は、危機感というものをまったく持っていないのか？」

「伯爵、それは言いすぎですぞ。我らは常にこの銀行のためを思って行動している」

「それはどうかな？　あなた方の悠長《ゆうちょう》なやり方では、伝統あるオーランド銀行も近いうちに潰れるだろう」

皮肉っぽく告げたライオネルに、憤然《ふんぜん》とひとりの重役が立ち上がる。

「伯爵《はくしゃく》！　なんということを？　少なくともあなたはこの栄《は》えある銀行のオーナーであられ

る。それなのに、そういう軽率《けいそつ》なことをおっしゃらないでいただきたい」

「では、言葉を換《か》えよう。このまま改善が見られないなら、俺が個人で所有する会社からの融《ゆう》資《し》は打ち切りとする」

ライオネルが冷えた声で宣言すると、会議室はしんと静まりかえった。

ややあって、また別の男が立ち上がる。

「しかし、この銀行も伯爵が所有されるものだ。責任というものがおありでしょう。ましてあなたは貴族なのですぞ。伝統ある銀行を見捨てるような真似《まね》をしていいとお思いか？」

茶色の髪《かみ》をした痩《や》せた男は本気で怒《おこ》っているように激しい言葉をぶつけてきた。

確か、この男の長男が、ライオネルと争っていたのだ。

だが、ライオネルはうるさそうに手をひらひらと振っただけだ。

「いいも何もないな。そろそろ尻拭《しりぬぐ》いにも飽《あ》きてきた。期限を設けよう。三ヶ月後までになんらかの結果を出せ。駄目《だめ》ならここを売りに出す。赤字続きだろうと、オーランドの名前があれば、買うやつがいるだろう。二束三文でも厄介払《やっかいばら》いができれば、俺にとってはむしろプラスになる。ああ、そうだ。貴族の義務だなんだで俺を説得しようとしても無駄《むだ》だ。貴族に対する考えそのものが違《ちが》うからな。どこまで行っても平行線をたどるだけだろう」

ライオネルの言葉で、会議室は再び静まりかえった。

今度はさすがに誰《だれ》も口をきく者がいない。

「さて、これ以上ここにいても時間の無駄だ。行くぞ、ユカリ」

ライオネルはそう言って、唐突《とうとつ》に席を立つ。

そして紫里はまた慌《あわ》ててライオネルのあとを追いかけることになったのだ。


スポーツカーの助手席に乗りこんだ紫里は、さりげなくライオネルに問いかけた。

「オーランド銀行のこと、もしかして手放すかもしれないって、本気なんですか？」

「何か不服があるのか？」

「いえ、そういうわけではないんですけど、やはり伝統ある銀行を売りに出すのは寂《さび》しい話だと思います」

紫里はひと言ひと言考えながら口にした。

けれどライオネルの反応は予想以上に厳しいものだった。

「おまえに何がわかる？」

「ご、ごめんなさい」

慌てて謝ったが、ライオネルの機嫌《きげん》は直らなかった。スポーツカーを急発進させ、紫里は危《あや》うく悲鳴を上げそうになる。

「貴族なんか、くそくらえだ。俺は伯爵になど、なりたくもなかった。ユカリ、おまえも貴族の生活に変な夢を見ているなら、早々に見切りをつけた方がいいぞ」

「私は、そんなこと……」

紫里は言いかけた言葉を途中《とちゅう》でのみこんだ。

ライオネルの横顔に昏《くら》い影《かげ》がある気がして、続けられなかったのだ。

車のハンドルを握《にぎ》ったライオネルは、それきりで何も言わずに前方に注意を向けている。

そばにいるのに、ライオネルが遠い。

子供の頃《ころ》の紫里にとって、ライオネルは夢の中の王子様に等しかった。

強くて優《やさ》しくて、夏休みの間は、どんなにうるさがられても、毎日のようについてまわった。

けれど、あの時のライオネルは今とは違って、もっと明るかったはずだ。

ハンサムな横顔からは何も窺《うかが》えない。しかし、ライオネルがこんなに皮肉っぽく、時には露《ろ》悪《あく》的な行動を取る裏には、何か理由がある気がする。

貴族を嫌《きら》っているかのような態度の裏には、そうなった原因があるはずだ。

今まで自分の望みばかりにかまけていたが、紫里は急にライオネルのことが気になり始めた。

そうだ、思いだした。ライオネルは昔から問題を抱《かか》えていたのだ。
しかも伯爵家の後継者《こうけいしゃ》のことで……。
じっとライオネルの横顔を見つめているうちに、何かが記憶《きおく》の端《はし》を掠《かす》める。
いったいなんだったろう？
紫里は忘れていた重大な何かを思いだすべく、記憶の底を探《さぐ》り始めた。

5

紫里の世界は、ライオネルと出会って一変した。

日本にいた時の紫里は、いつも何かに遠慮して、息を潜《ひそ》めるように暮らしてきた。

大好きな母にさえ、本気で甘えたり怒ったりしたことはなかった。

それなのに伯爵家のライオネルには最初から泣かされて、紫里は自然とストレートに感情を表に出すことができるようになったのだ。

だが、最初の夏休みが終わると、ライオネルはふっつり屋敷《やしき》に帰ってこなくなった。

近くの学校に通い始めた紫里は、週末ごとに待ち続けたが、いつも期待を裏切られてばかりだった。

「ねぇ、お祖父《じい》ちゃん。ライオネル様はどうして、戻《もど》ってこないの？」

「さあ、お祖父ちゃんにはわからない」

紫里が訊《たず》ねるたびに、祖父は優しく頭を撫《な》でてくれる。

けれど、紫里はそれでは納得《なっとく》できなかった。

何故《なぜ》なら、学校で知り合いになった子のお兄さんが、週末ごとにイートン・カレッジから帰ってくると聞いたからだ。

同じパブリックスクールなのに、ライオネル様だけが戻ってこないのはおかしい。

子供心にも紫里は不審《ふしん》を覚え、それからは祖父と一緒《いっしょ》に働いている使用人たちの噂話《うわさばなし》に、熱心に聞き入るようになった。

「ライオネル様、今週もお戻りではなかったわね」

「無理もないわ。伯爵夫人は本当の母上ではないし、居づらいのでしょう」

「そうね、ライオネル様がご自分の出生のことをお知りになったのは、二年ほど前だったかしら？　あれ以来よ、長い休暇《きゅうか》でしか顔をお出しにならなくなったのは」

厨房《ちゅうぼう》の隅《すみ》や、半地下への階段の途中、道具類が仕舞《しま》ってある倉庫部屋のドアの陰《かげ》。伯爵家では大勢の女性が働いており、仕事の手を休めてほっとひと息つく時に、仲間を相手におしゃべりを楽しむ。

それに紫里は大人しくて目立たない子供だと思われていたので、大人たちはどこか安心していたのだろう。

「ライオネル様、伯爵にはちっとも似てらっしゃらないし、それでご親戚《しんせき》の方々も、お血筋を疑っておられるみたいね」

「本当のお母さんは、男関係にずいぶんルーズな人だったらしいから、仕方ないわね」

「しっ、滅多《めった》なことを言うものじゃないわ」

紫里にはよく理解できない話だった。けれど、以前、親戚の子供たちから聞いたこととも一《いっ》致《ち》する。

もし、伯爵夫人が本当のお母さんでないなら、ライオネルが可哀想《かわいそう》だ。

紫里はそんなふうに、毎日ライオネルのことだけを考えていた。

そしてクリスマスが近づいたある日、とうとう待ち望んでいたライオネルが帰ってきたのだ。

紫里はニュースを聞いたと同時に、真っ直《す》ぐライオネルの部屋まで走っていった。

ドアをノックするのももどかしく、返事がある前に夢中で室内に飛びこむ。

「ライオネル様！　お帰りなさい！」

窓から外を眺《なが》めていたライオネルは、紫里の声に反応してゆっくり振《ふ》り返る。

紫里はやっと会えた嬉しさで胸をいっぱいにしながら、ライオネルに飛びついた。

ぎゅっとしがみついていると、ややあってようやくライオネルが口を開く。

「ユカリ、もういい加減で離《はな》れろ」

「え？」

紫里はぐいっと引き剝《は》がされて、きょとんとライオネルを見上げた。

ライオネルはいつも夢に見ていたよりもずっと素敵《すてき》で、なんだか気恥《きは》ずかしくなる。

だが、たった数ヶ月離れていただけで、ライオネルはずいぶんと変わっていたのだ。

「ユカリ、俺は今、忙《いそが》しい。それに、ここはおまえの来るところじゃない」

「ライオネル様？」

紫里は不安《ふあん》に駆《か》られた。

ライオネルは何故か、怖《こわ》い顔をしている。いきなり部屋に飛びこんできたせいで、行儀《ぎょうぎ》が悪いと思われたのだろうか。

「ユカリ、さあ、大人しく自分の部屋に帰れ。それからもう二度と二階まで上がってくるんじゃないぞ」

「えっ？」

祖父が伯爵《はくしゃく》の許可を取ってくれたお陰《かげ》で、紫里は今までなんの制限もなく屋敷の中を歩きまわっていた。

それなのに、二階に来てはいけないなんて、にわかには信じられない命令だった。

「いっぱい話したいことがあるの。いつまで待っていればいい？　ぼくが来ちゃいけないんだったら、ライオネル様がぼくの部屋まで来てくれる？　ずっと待ってるから」

紫里がそう訴《うった》えると、ライオネルは困ったように顔をしかめる。

だが、ふっとひとつため息をついたあとで、また表情を厳しくした。

「ユカリ、俺はもうおまえとは遊んでやれない。それにおまえはもう学校にも行ってるんだ。同じ年頃《としごろ》の子供と遊べ」

「いやだ。ライオネル様がいい。ライオネル様に聞いてもらいたいことがたくさんあるもの。夏休みに溺《おぼ》れた時、助けてくれたのもライオネル様でしょ？　ありがとうって、お礼も言いたかったし、ほかにもいっぱい」

紫里は再びライオネルに抱《だ》きついて、懸命《けんめい》に言葉を尽《つ》くした。

「ユカリ、いい加減にしろ。俺は忙しいと言っているのが、わからないのか？　あまりうるさくすると、ササキに来てもらうぞ」

苛立《いらだ》たしげな声に、紫里はびくりとすくんだ。

涙《なみだ》が出そうになって、唇《くちびる》を噛《か》みしめていると、ライオネルが大きくため息をつく。

「男の子のくせに泣くなと言っただろ？」

「泣いて……ない」

「それなら、これ以上聞き分けのないことを言うんじゃない」

少しは優しい声になっていたものの、やはり聞こえてきた言葉は信じられなかった。

紫里は我慢《がまん》できずに、ぽろりと涙をこぼした。

そして、それをライオネルに知られたくないと、慌《あわ》てて後ろを向いて駆けだした。

「……ユカリ……」

背後から呼び止める声がしたけれど、もう涙が溢《あふ》れて止まらなくなっている。

泣き顔を見られたくない。だから紫里はそのままライオネルの部屋から飛びだすしかなかったのだ。

冬休みの間、紫里はずっと諦《あきら》めきれなくて、少しのチャンスを見つけては、ライオネルにまとわりついた。

二階に来てはいけないと言われたので、ライオネルが階下に姿を現した時、それに外に出かける時などを狙って、何度も何度も話しかけた。

「ねえ、ライオネル様。ぼく、前よりずっと上手に馬に乗れるようになったんだよ？」

「ねえ、ライオネル様、ぼく、少し背が伸《の》びたんだ。体重も増えたから、もう前ほどがりがりじゃないんだよ？」

「ねえ、ライオネル様、ライオネル様の学校のこと、聞かせてよ」

しかし紫里が何を言っても、ライオネルが真剣《しんけん》に聞いてくれることはなかった。

「俺は忙しいんだ」

いつも返ってくるのはそっけない返事だけだ。

かと思うと、ライオネルの方が逆に、紫里を見ていることもある。

「あっ、ライオネル様！」

でも、紫里がそれと気づくと同時に、ライオネルはふっと背を向けてしまう。

駆けよっていこうとした時には、もう姿が小さくなるほど離れてしまう。

結局、冬休みの間中かかっても、ろくに話を聞いてもらえなかった。

ライオネルがイートンのハウスに戻る時、紫里はそっと隠《かく》れて見送った。

自分がうるさくしすぎたから、ライオネル様に嫌《きら》われた。

紫里の胸に残ったのは、言いようのない痛みだった。

一度心を開いた相手に、避《さ》けられる。

それは紫里に影《かげ》を落とした。日本にいた時ほどではないが、紫里は再び内向的な子供になっていた。

人と接して、また嫌われるのが怖かったのだ。

学校でも極力目立たないように大人しく一日を過ごす。オーランド家に戻《もど》ってからも、あまり人と話さない。ただ書架《しょか》から借りた本をひとりで読み耽《ふけ》っているだけだ。

春休みになって、ライオネルが戻ってきた時も、黙《だま》って陰からその姿を眺めていた。

拒絶《きょぜつ》される悲しさを、もう二度と味わいたくない。だから邪魔《じゃま》にならないように、ずっと息を潜《ひそ》めて、ただライオネルの動きだけを目で追う。

でも、ライオネルを避けるようになると、今度は逆に、思わぬところで声をかけられたりする。

その日は朝からぽかぽかと暖かな陽気だった。ライオネルは早朝から外出し、部屋にこもっているのも飽《あ》きてきた紫里は、本を持って、久しぶりに庭の四阿《あずまや》へ出かけた。

自分と同じように内向的な子供が主人公の話で、夢中になって読んでいるうちに涙がぽろぽろこぼれてきた。

その時、ふいにライオネルに声をかけられたのだ。

「ユカリ、何を泣いてる？」

「あっ」

紫里は目の前に現れたライオネルに驚《おどろ》き、さらにぶわっと涙をこぼしてしまった。

こんなに近くで会えるのは、どんなに久しぶりだろう。

胸を震《ふる》わせていると、ライオネルは精悍《せいかん》な顔をしかめる。

「男の子なのに、泣くなと言っただろ？」

怒《おこ》ったような声とともに、ぽんと頭に手のひらを乗せられる。ついでのように髪《かみ》の毛をくしゃくしゃに掻《か》き混ぜられて、紫里は泣き笑いの顔になった。

「ライオネル様……」

「そうだ、そうやって笑っている方がいい」

「うん……」

どうして今頃《いまごろ》になって、優《やさ》しくしてくれるのか、わからなかった。

けれど今、この瞬間《しゅんかん》はあまりの嬉しさに胸がいっぱいで、ほかのことはどうでもよかった。

ベンチに腰《こし》かけた紫里は、自然とライオネルに擦《す》りよった。

優しく触《ふ》れられているのが嬉しくて、また泣きそうになってしまう。

「ユカリ、俺はもうおまえのことをかまってやれない。おまえに悪い影響《えいきょう》を与《あた》えると困るからな」

「悪い影響って、何?」

思わず問い返すと、ライオネルはふいっと横を向いてしまう。

「おまえには難しすぎる話だ。気にするな。それより、もう絶対に泣くんじゃないぞ。いいな?」

たったそれだけを言い残し、ライオネルはベンチから立ち上がる。そしてもうあとも見ずに四阿から離《はな》れていく。

せっかく声をかけてもらったのに、これで終わりだなんて、悲しすぎる。

泣くなと注意されたばかりなのに、紫里はまた涙をこぼしていた。

しかし、その日以来、紫里は再びライオネルを追いかけ始めた。

ライオネルは冷たい態度を取ることが多かったが、完全に見捨てられたわけじゃないとわかったからだ。

休みのたびにライオネルを追いかけ、たまには振《ふ》り向いてもらう。

相手にされなくて悲しい思いをし、話しかけられただけで幸せな気分になる。それもすべてはライオネルが相手だったからだ。

そうして年を経《へ》るごとに、紫里の中ではライオネルに対する憧《あこが》れが強くなっていったのだ。


七年の間に、紫里はかなり成長し、健《すこ》やかさも取り戻していた。身長も伸び、ぎすぎすだった身体《からだ》にも少しは肉がついた。アレルギー性の湿疹《しっしん》にはまだ時折悩《なや》まされていたが、それも日本にいた頃《ころ》に比べれば、なんでもない。

だが、紫里が十五歳になった時、日本にいる母から突然《とつぜん》、帰ってこいとの知らせが届いた。

「お祖父《じい》ちゃん、母さん、帰ってこいって。どうしよう」

紫里は大好きな祖父に、一番に相談した。

「帰るべきだよ、紫里。芽依はおまえの母親だ。ずっとおまえと離れていて、寂《さび》しがっている」

「うん、そうだよね」

「それに、芽依はおまえの父親ととうとう結婚《けっこん》することにしたそうだ。これからは家族三人で暮らしたいと言っている」

「うん、そうだよね……」

祖父の言葉に頷《うなず》きながらも、紫里の中では、イギリスを離れたくないとの思いが強かった。母には会いたい。結婚にも大賛成だ。まして、相手が自分の父親ならば、紫里にとってこれほど嬉《うれ》しいニュースはほかになかった。

でも、日本に帰れば、ライオネルに会えなくなる。だから素直《すなお》に帰国を喜べなかった。

だが子供の紫里に選択《せんたく》権などあるはずもなく、帰国の日が決定する。

紫里は胸にひとつの決意を固めて、ライオネルに報告することにした。

その頃、ライオネルは大学を卒業し、オーランド家の事業を手伝い始めていた。学生の時とは違《ちが》って、毎日この屋敷《やしき》から仕事に通っているので、部屋を訪ねればつかまるはずだ。何年か前に立ち入り禁止と言われたことは覚えていたが、今は緊急《きんきゅう》事態なのだから、許されるだろう。

紫里は伯爵家《はくしゃくけ》のディナーが終わった頃に、そっと自分の部屋を抜《ぬ》けだした。

ロングギャラリーを抜けて一番奥の階段を上れば、ライオネルの部屋はすぐだ。

しかし、その途中《とちゅう》、紫里は書斎《しょさい》のそばをとおる時、伯爵とライオネルが激しい口論をしているのを耳にしてしまった。

「ライオネル、いい加減にしろ！　おまえ以外に誰《だれ》がオーランド家を継《つ》ぐ？」

「候補者ならほかにいくらでもいるでしょう？　母上もきっと俺なんかが継ぐより従兄弟《いとこ》の誰かにここを継がせた方がいいとお考えですよ」

「何を言う？　彼女は、おまえのことを納得《なっとく》している。自分では子供が産めない身体なのだ。

今さら文句は言わないだろう」

「それで、俺の母親を利用して、跡取《あとと》りを生ませたのでしたね？　しかし、銀行では皆《みな》が噂《うわさ》してますよ。俺には伯爵家の血など、流れてないんじゃないかってね」

「ライオネル！」

「とにかく、もうたくさんだ。俺は好きにさせてもらいます。この屋敷も銀行も息が詰《つ》まって、窒息《ちっそく》しそうだ」

紫里は廊下《ろうか》でぶるぶると震えていた。

聞こえてきた話の内容があまりにも衝撃的《しょうげきてき》で、怖《こわ》くなった。

そのうち、ライオネルが荒々《あらあら》しい足取りで書斎から出てくる。

「ユカリ」

廊下に出たとたん、紫里に出くわして、ライオネルは驚いたような声を出す。

怒《いか》りのためか、青灰色の瞳《ひとみ》が燃え上がっているようだった。

紫里がびくりとすくむと、ライオネルはますます鋭《するど》く見つめてくる。

だが、それも一瞬《いっしゅん》のことで、ライオネルはすっと顔をそむけて、廊下を歩きだした。

「ライオネル様、待って！」

紫里は夢中でライオネルのあとを追った。

二階に駆《か》け上がり、ライオネルがドアを閉める寸前、辛《かろ》うじて室内に足を滑《すべ》りこませる。

「どうする気なんですか？」

「俺はこの屋敷から出ていくことにした」

冷ややかな返事に、紫里はいっそう焦《あせ》りを覚えた。

自分の帰国を報告するはずだったのに、それどころの騒《さわ》ぎではない。

ライオネルは紫里にはかまわず、クローゼットに向かっている。

なんとしても、止めないとと、紫里は小走りでライオネルに近づいた。

「駄目《だめ》です。お屋敷から出ていくなんて」

「おまえには関係のない話だ。あっちへ行ってろ、ユカリ。子供の出る幕じゃない」

「いやだ、ライオネル様。出ていったりしないで！」

懸命に叫《さけ》んでも、ライオネルの意志は翻《ひるがえ》らなかった。

クローゼットから適当に衣類を取りだしたライオネルは、ベッドの上にそれを投げだす。そして旅行用のスーツケースまで用意している。

「ライオネル様、駄目です。お屋敷から出ていくなんて、絶対に駄目！　伯爵と仲直りしてください。お願いです」

紫里は叫びながら、ライオネルにしがみついた。

そうでもしないと、勢いが止まりそうもなかったのだ。

「ユカリ、これは子供が口を出すような問題じゃない」

「ぼくだって、もう子供じゃない！　ライオネル様の気持ちぐらいわかるよ」

「生意気なことを言うな。とにかく早くそこをどけ。準備の邪魔《じゃま》だ」

「いやだ！　絶対にどかない！」

紫里は引き剝《は》がされそうになっても、必死にライオネルにしがみついていた。

もう子供の頃とは違って、もうライオネルの肩《かた》ぐらいまでは身長も伸《の》びている。

さすがのライオネルもどうしようもなく、最後は力尽《ちからず》くで紫里を突《つ》き飛ばしにかかる。

転がされたのはベッドの上だった。

だが紫里は最後の力を振り絞《しぼ》るようにライオネルの腕《うで》をつかんだ。

それでバランスを崩《くず》したライオネルは、どっと紫里の上に覆《おお》い被《かぶ》さってきた。

息がかかるほど間近にライオネルの整った顔があって、紫里ははっとなった。

きれいな青灰色の目で、じっと食い入るように見つめられると、吸いこまれてしまいそうになる。

何故《なぜ》だか、心臓もどきどきと高鳴る。

頬《ほお》もかっと熱くなって、紫里は大きく胸を喘《あえ》がせた。

「ユカリ……」

低く掠《かす》れたような声が耳に届き、心臓の音がますます激しくなった。

次の瞬間《しゅんかん》、紫里の唇《くちびる》に何か温かなものが触《ふ》れた。

びくりと震《ふる》えると、温かな感触《かんしょく》はすぐに離れていく。

「くそっ」

ライオネルは唸《うな》るように言いながら、紫里の上に覆い被さっていた身体を起こした。

「……ライオネル様……？」

紫里は不安《ふあん》に駆られ、あえかな声で呼びかけた。

すると、そっぽを向いたライオネルの肩がびくりと震える。

その瞬間、紫里の胸の中で、大きく膨《ふく》らんでいく思いがあった。

「ぼく、日本に帰ることになった。でも、必ず戻《もど》ってくる。だから、ライオネル様にはここにいてほしい。今のぼくではまだライオネル様を慰《なぐさ》められない。でも、もっと大人になって、もっと強くなって、戻ってくる。だから、それまでここで待っていて。ライオネル様が悲しい時、ちゃんと慰めてあげられるように、もっと大人になる。だから、ここで待っていてほしい。どこにも行かないでほしい」

紫里は夢中で言い募《つの》った。

そう、最初から、いつか戻ってくると伝えたかったのだ。でも今はその気持ちがもっと強いものに変わっている。

胸が熱く震えてたまらなくなるほどの思い。それを少しでもわかってほしかった。

「ガキのくせに何を言う」

ライオネルはまだ背中を見せたままで吐《は》き捨てる。

けれど、その声にはもう先ほどまでの猛々《たけだけ》しさは残っていなかった。

紫里はほっと息をついた。

きっともう、ライオネル様はここから出ていかない。

なんの根拠《こんきょ》もなかったが、紫里はそう確信した。

ライオネルがゆっくり立ち上がり、紫里の方に手を伸ばしてくる。紫里のその手をしっかりつかんで、自らの上体を起こした。

「いつ出発だ？」

「明後日《あさって》です」

「そうか……それなら、もう時間がないな」

言われたとたん、忘れていた悲しさが胸に迫《せま》る。

目尻《めじり》に涙《なみだ》が溜《た》まり、紫里は唇を噛《か》みしめて俯《うつむ》いた。

「やっぱりおまえは変わらない。泣き虫のままだ」

「違います。泣いてなんかいないもの」

紫里はふるふると首を振《ふ》った。

でも、ライオネルの手がすっと伸びてきて、形のいい指で目尻の涙を拭《ぬぐ》われる。

「日本に帰っても、もう泣くなよ？」

優《やさ》しく宥《なだ》めるような声に、また胸の奥が熱くなる。

けれど紫里は今度こそ、涙を堪《こら》えてこくりと頷《うなず》いた。

6

紫里が見習いになってから、二週間ほどが過ぎていた。

執事《しつじ》としての仕事、それにライオネルの秘書としての仕事。覚えることが山のようにあったが、紫里は必死に頑張《がんば》っていた。

朝、ライオネルに目覚めの紅茶を運ぶところから、執事の仕事はスタートする。これは祖父から徹底《てってい》的に仕こまれて、なんとか美味《おい》しい紅茶が淹《い》れられるようになった。

厳密に言えばまだまだだろうが、少なくともライオネルに眉《まゆ》をひそめさせることはない。

城館の管理を覚えるのはひと苦労だった。

紫里はライオネルから与《あた》えられた課題もこなさなければならないからだ。

ライオネルが経営するホールディングスカンパニーの資料は膨大《ぼうだい》で、勉強するにはいくら時間があっても足りない。

ライオネルが館《やかた》に留まっていても、両方を覚えようとすると、書斎《しょさい》と祖父のいる場所を何度も往復することになる。

けれど紫里は音を上げずに、少しずつ自分の立場を固めていったのだ。

二週間ほどついてまわっただけでも、ライオネルが様々な問題を抱《かか》えていることがわかった。オーランド銀行の件もそのひとつだ。

だからこそ、なんでもしっかりとこなせるようになって、一日も早くライオネルのサポートができるようになりたい。そして、いずれはライオネルに、もっとも頼《たよ》りとされるような人間になりたかった。

だが、紫里にも計算違《ちが》いはあった。最初の夜以来、ライオネルに身体《からだ》を要求されることはなかったのだ。

覚悟《かくご》を決めていただけに、拍子抜《ひょうしぬ》けしたような気分だったが、これはいい方向に進んでいる証拠《しょうこ》だろう。

それに、いくら快感を得たからと言っても、あんな恥《は》ずかしい思いをするのはいやだ。

よけいなことを思いだした紫里は、資料から顔を上げて何度か首を振《ふ》った。

その時、ちょうど書斎のドアがノックされて、祖父が顔を出す。

「紫里、アフタヌーンティーの時間だが、伯爵《はくしゃく》はどこへ行かれた？」

「え？　ライオネル様なら、主寝室《しゅしんしつ》に忘れ物をしたから取りにいかれて……」

紫里が答えると、祖父はすかさず厳しい表情になる。

「寝室《しんしつ》にはいらっしゃらない。だいいち忘れ物をなさったのなら、おまえが取りにいくべきだろう」

「ごめんなさい。ライオネル様は自分でなければ、見つけだせないものだとおっしゃって……」

叱責《しっせき》された紫里は口ごもった。

「それにしても、どちらへ行かれたのか……」

祖父はそう言いながら、珍《めずら》しくため息をつく。

ライオネルはふっと姿を消すことが多く、そのたびに苦労しているのだろう。

「あ、そうだ。もしかしたら、またエルムの木で昼寝《ひるね》をなさっているのでは？」

紫里が思いついたままを言うと、祖父は、ああ、というように頷《うなず》いた。

「それなら、四阿《あずまや》でお茶にした方がいいか」

「ぼくが用意するよ」

「ああ、頼《たの》む」

紫里は持っていた資料をデスクに戻《もど》し、祖父と一緒《いっしょ》に書斎を出た。

そして手早くアフタヌーンティーの用意をして、ライオネルがいるだろう庭を目指した。

子供の頃《ころ》に大好きだった場所は、今も変わらない姿で紫里を迎《むか》えてくれる。

白い屋根に大理石のテーブルとベンチ。肌寒《はだざむ》い季節にはクッションとブランケットを持ちこめば、けっこう快適に過ごせたものだ。

前方に見える湖は今日も澄《す》みきっている。目を転じれば重厚さと華麗《かれい》さを合わせ持つ佇《たたず》まいみよった。

の城館。

紫里にとって、第二の故郷に等しい場所は、いつ見ても美しいと思う。

紫里は四阿のテーブルにお茶のセットを載《の》せた銀のトレイを置いてから、湖岸の大木まで歩みよった。

上を仰《あお》ぐと、重なり合ったエルムの葉の間から、僅《わず》かにライオネルの姿が覗《のぞ》いている。

「ライオネル様、お茶の用意が調《ととの》いました」

紫里はにっこりとした笑みを浮《う》かべながら告げた。

「うるさいぞ。昼寝の邪魔《じゃま》だ」

「でも、お茶が冷めてしまいます」

「おまえのその口ぶり、ササキに似てきたな」

ライオネルはうるさげに言いながら、木の枝から勢いよく飛び下りてきた。

整った顔をしかめているのを見て、紫里はくすりと忍《しの》び笑《わら》いを漏《も》らす。

本当に、木の枝がお気に入りなのだ。ライオネルだって、大人になっても少しも変わっていない。

「お茶はどこだ?」

「四阿の方に」

紫里が答えると、ライオネルはさっさと歩きだす。

紫里も足早にそのあとを追い、ようやく四阿でのアフタヌーンティーとなった。

その日、夕方になって急にライオネルがパーティーに出席すると言いだした。

「パーティーがある。おまえもついてこい。出発は三十分後だ。ドレスコードはブラックタイだったはず。おまえもそれなりの格好をしろ」

「はい、承知しました」

ライオネルに命じられ、紫里は書斎から自室へと戻った。

何があっても困らないように、黒のディナージャケットは用意してあった。

紫里は軽くシャワーを浴びて、そのあとさっそくそのディナージャケットに着替《きが》えた。

黒地に黒の蝶《ちょう》ネクタイではあまりにも沈《しず》んで見えるので、シルバーの織り柄《がら》入りのタイとカマーバンドを合わせる。

紫里は鏡で充分《じゅうぶん》に自分の姿を点検してから、ライオネルの部屋に向かった。

主寝室《しゅしんしつ》に顔を出すと、祖父がライオネルの着替えを手伝っている。いや、厳密に言うと、ライオネルはなんでも自分でやってしまうので、祖父はただそばに控《ひか》えていたという雰囲気《ふんいき》だ。

ダークグレーのテールコートに身を固めたライオネルは、惚《ほ》れ惚《ぼ》れするほどの男ぶりだった。

伝統を重んじての正装だが、タイは幅《はば》の広いスカーフタイプのものを合わせ、中央に留めたシルバーのリングがポイントになっている今風のデザインだ。

祖父も堂々とした気品に溢《あふ》れている主が自慢《じまん》らしく、目を細めて眺《なが》めている。

「そろそろご出発にならないと、時間に遅《おく》れてしまいます。お車はすでに待機しておりますので」

祖父に促《うなが》されて、ライオネルと紫里は玄関《げんかん》ホールへと向かった。

「紫里、粗相《そそう》のないように、よく注意するんだぞ」

後ろから歩調を合わせてきた祖父が、そっと耳打ちしてくる。

「大丈夫《だいじょうぶ》。しっかり頑張ってくる」

紫里は祖父を安心させるように、笑《え》みを向けた。

パーティーの会場となっていたのは、ある貴族の館《やかた》だった。

オーランド家のものに比べれば、かなり規模が小さいが、その分、すべての部屋がパーティー用として開放されているらしい。

「今日はどのような集まりなのですか？」

メインの会場に入る前に、紫里はさりげなくライオネルに確認《かくにん》した。

「製薬会社のオーナーが開いたものだ。貴族を大勢呼びつけているのは、格式の高さを強調するためだろう。うちの銀行の連中も出席するはずだ」

「私は何をすればいいですか？」

紫里が生真面目《きまじめ》に訊《たず》ねると、ライオネルは肩をすくめる。

「おまえは好きなように遊んでろ。俺のそばにくっついている必要はない」

あまりにも軽々しい言い方に、紫里は一瞬《いっしゅん》むっとなった。

今日の自分はライオネルに色々と試《ため》されている立場だ。

貴族らしくなく、型破りなところがあるせいか、ライオネルはかなりの遊び好きだと思われているようだ。

けれど紫里は短い間に、ライオネルがどれだけ精力的に仕事をこなしているかを見てきた。

このパーティーだって同じことだ。ライオネルがただの遊びで出席するとは思えない。

となれば、重要な取引先と顔を合わせる営業の一環《いっかん》なのだろう。

なのに遊んでいろとは、少しも認められていないようで悲しくなる。

「ユカリ、怒《おこ》ると可愛《かわい》い顔がだいなしだぞ」

「なっ……」

にやりと笑ったライオネルに、ちょんと鼻の先を突《つつ》かれて、紫里は我知らず頬《ほお》を染めた。

これではまるきりの子供扱《あつか》いだ。

思いきり文句を言おうとしたが、ライオネルの姿を見つけて歩みよってきた男に邪魔される。

「ライオネル、おまえも来てたのか」

「ノーマンか、久しぶりだな」

気軽に挨拶《あいさつ》を交《か》わしているところを見ると、かなり親しい人物らしい。茶色の髪《かみ》をした長身の男はなかなかの迫力《はくりょく》だったが、眼差《まなざ》しにはどこか冷たいものがある。

紫里は気持ちを切り替《か》えて、男の名前と容貌《ようぼう》を記憶《きおく》に留めた。遊んでいろとは言われたが、ライオネルと交友のある人物のことを覚えるのは、執事《しつじ》としても秘書としても基本中の基本だろう。

「ところで今夜は誰《だれ》を狙《ねら》っている？　プレイボーイのおまえと張り合っても仕方がないからな。先に狙いを聞いておこう」

「おまえこそ、グレアムの事業に力を入れるのはいいが、片《かた》っ端《ぱし》から乗っ取りをかけるなよ？　少なくともうちの顧客《こきゃく》の会社を潰《つぶ》すのはやめにしてくれ」

「ふん、それは約束できんな」

ノーマンと呼ばれた男は、にべもなく答えて離《はな》れていく。

「あの方は、どういった方ですか？」

「グレアム伯爵《はくしゃく》の長男だ。イートンからの腐《くさ》れ縁《えん》だが、あれは裏の多い男だから気をつけろ」

「はい……」

紫里の質問に、ライオネルは短いながらも答えてくれる。

今はそれだけでもよしとして、一歩ずつ前へ進んでいくしかないだろう。

シャンデリアが煌々《こうこう》と灯《とも》った広間には、着飾《きかざ》った客たちが溢れていた。

紫里はちらりと会場を見渡《みわた》して、最後にそばのライオネルへと視線を移した。

欲目《よくめ》かもしれないが、やはり今夜の来客の中で、ライオネルが一番素敵《すてき》に見える。そのライオネルのそばにいられるだけで、紫里は誇《ほこ》らしい気持ちになった。

祖父が満足そうに頷いていたのも、同じ気持ちからだろう。

実際に、パーティーの客たちの中にはライオネルが目当てだった者も大勢いた。

男性は仕事絡《がら》み、そして華《はな》やかなイブニングドレスに身を包んだ女性たちも、盛んにライオネルに話しかけてくる。

「ライオネル、今夜、お暇《ひま》かしら？　以前からの約束、ぜひ果たしていただきたいわ」

「あら、ライオネルお久しぶり……たまには私のことも思いだしてね？」

女性たちはあけすけにライオネルを誘《さそ》いに来る。

横で聞いている紫里の方が顔を赤くしてしまいそうだ。

ライオネルは適当な言い訳を用意して、次から次へと現れる美女たちをあしらっている。

ライオネルが遊び慣れているというのは、本当のことかもしれない。

今まで見た新聞や雑誌も、ライオネルのお相手のことを華々《はなばな》しく書き立てていた。

紫里の胸にはいつの間にか嫉妬《しっと》に似た感情も芽生えていた。

ライオネルに近づいてくる女性がいると、何故《なぜ》か苛立《いらだ》たしさが募《つの》る。そしてライオネルが今にも、その女性を誘いそうだと思うと、とてもいやな気分になった。

まさか、本当に自分は嫉妬しているのか？

自問した紫里はゆるく首を振《ふ》った。

きっとライオネルに抱《だ》かれてしまったからだ。それでライオネルが自分のものになったような錯覚《さっかく》に陥《おちい》っているだけだ。

しばらくして、ライオネルのそばに、赤いドレスを着たひときわ艶《あで》やかな美女が近づいてきた。

「クリスティン、大丈夫なのか？」

今までは女性たちの方から声をかけてきたのに、ライオネルの方が親しげに名前を呼んでいる。

紫里は胸につきりと痛みを感じながら、女性の様子を窺《うかが》った。

赤いドレスは豊満な胸を強調するデザインだ。きれいな金髪《きんぱつ》を首筋で切り揃《そろ》えた女性は、顔立ちも華やかで美しかった。

「ライオネル、よかったわ。ここで会えるなんて……ちょうど聞いてもらいたい話があったの」

クリスティンと呼ばれた女性とライオネルはごく自然な様子で軽い口づけを交わしている。

見せつけられた光景に、紫里は思いがけないショックを受けた。

ずきりと胸の奥が切り裂《さ》かれたように痛くなる。

ライオネルがキスした女性、クリスティン……。

この人は恋人《こいびと》なのだろうか……。

そこまで思っただけで、紫里は激しい動揺に襲《おそ》われた。立っている床《ゆか》までぐらりと揺《ゆ》れている気がするほどだ。

紫里が呆然《ぼうぜん》としていると、ライオネルがふっと振り返る。

「ユカリ、クリスティンと話がある。おまえはしばらく外せ」

「……わかり、ました……」

ライオネルの命令に応じた声も、どこから出ているかわからないほどだった。

紫里の動揺には気づかず、ライオネルはさっそくクリスティンの腰《こし》に手をやって、その場から離れていく。

紫里は胸の痛みを堪え、その後ろ姿を見送るしかなかった。

駄目《だめ》だ……。

どうして今まで気づかなかったのだろう。

ライオネルに憧《あこが》れていただけじゃない。自分はライオネルを愛していたのだ。

だから、ライオネルに抱かれるのも本当はいやじゃなかった。それに、恋人らしい女性が現れただけで、こんなに動揺している。

馬鹿《ばか》だ……なんて、馬鹿だったんだろう……。

ライオネルを愛していることに、今頃《いまごろ》気づくなんて、どうかしている。

きっと子供の頃《ころ》からだ。ずっとライオネルだけを見て、ライオネルだけを追いかけていた。

日本に帰ってからも、ライオネルのそばに戻《もど》ることだけを夢見ていた。

祖父の跡《あと》を継《つ》いで執事になりたい。そんなこと、ほんとは二の次だったのだ。

ただ、ライオネルのそばに戻りたい一心で、縋《すが》りついた夢にすぎなかった。

イギリスでの最後の日、ライオネルに口づけられた。あの時の方が、今よりよほど自分のことをわかっていたのかもしれない。

子供なりの真剣《しんけん》さで、ライオネルに必死に頼《たの》みこんだ。

絶対に戻ってくるから、待っていて、と――。

紫里は動揺を抑《おさ》えきれず、ふらふらと歩きだした。

じっとしているのが耐《た》えられなかったのだ。会場の中の人いきれで、息を吸うのも苦しい気がする。

けれど紫里は数歩歩いただけで、行く手にいた若い男に派手にぶつかってしまった。

「おっと、大丈夫《だいじょうぶ》ですか？」

とっさに男の手で支えられた紫里は、慌《あわ》てて謝った。

「申し訳ありません」

すぐに体勢を立て直そうとしたが、男の手はなかなか離れていかない。

怪訝《けげん》に思って男の顔を見上げると、その風貌《ふうぼう》にはどこか覚えがあった。

相手も訝《いぶか》しげに紫里を見つめてくる。

「おまえは、もしかして……」

「あっ」

「執事の孫か？」

男は思いきり顔をしかめて、紫里の身体《からだ》から手を離した。

昔、オーランド家に集まっていた親戚《しんせき》のひとりだ。

確かこの顔は、ライオネルより次代の伯爵に相応《ふさわ》しいと言われていたジョージだ。

「おまえ、なんだって、こんなところにいる？　まさか、相変わらずライオネルにくっついてまわってるのか？」

「私は、今、執事の見習いとして」

「執事の見習いだと？　まったく……ライオネルの奴《やつ》には呆《あき》れるだけだ。貴族などという時代《じだい》遅《おく》れなものに固執《こしゅう》するのは馬鹿だ。それが口癖《くちぐせ》のくせに、自分は執事の見習いまでそばに置いているのか」

ディナージャケットをすっきりと着こなしたジョージは、悪意のある言葉を投げつけてきた。

だが、ここで逆らうのは得策ではないだろう。

紫里は、祖父だったら、こういう場面でどう対処するのかと、真剣に考えた。

そう、こういう場面で出過ぎた言動は控《ひか》えるべきだ。怒《いか》りに駆《か》られて、くってかかっては、よけいライオネルの評判を落としてしまう。

「おまえ、昔は痩《や》せこけた子供だったのに、ずいぶん変わったな？　どうやったんだ？」

「特別には何もしておりません」

紫里が硬《かた》い声で答えると、ジョージは急ににやけたように口元をゆるめる。

一瞬《いっしゅん》、背筋がぞっとなるが、紫里は辛《かろ》うじて顔色が変わるのを堪《こら》えた。

「ライオネルのやつ、先見の明があったってことか……おまえ、男でもなかなかそそる顔をしてるな」

何かいやな予感のする言葉に、紫里は思わず身構えた。

だが、その時、ほかにも何人かの男たちがまわりに集まってくる。

「何してるんだ、ジョージ？」

「こいつ、誰《だれ》？」

男たちは、あのティーパーティーに集まっていた子供たちだった。今では皆《みな》、立派な大人になったが、当時の面影《おもかげ》はまだ残っている。

そしてジョージは一族の親しい者たちに、あっさり紫里の素性《すじょう》を明かした。

「へぇ、あの執事《しつじ》の孫か……ずいぶん、きれいになったじゃないか」

「今もそれを言っていたところだ。こいつが湖で溺《おぼ》れたせいで、おまえたちはライオネルにこっぴどく殴《なぐ》られたんだったな?」

「ああ、あれにはまいったよ。ライオネルのやつ、頭に血が上って容赦《ようしゃ》なかったからな。ずいぶん痛い思いをさせられた」

年少組だった男はそう言って、さもいやそうに顔をしかめる。

紫里は驚きで目を見開いた。

ライオネルが自分のために、そんなに怒ってくれたとは……。意識を取り戻した時、ライオネルはすでに屋敷《やしき》を出発したあとだった。だから、そんなことがあったとは、少しも知らなかった。

だが男たちは、紫里の様子など眼中にないように、またいやなことを言い始める。

「しかし、おまえ、ほんとにきれいになったな。ライオネルのやつに独《ひと》り占《じ》めさせておくのはもったいない。どうせなら、俺たちにも抱かせろよ。それで昔の貸しはちゃらにしてやる」

「ライオネルのやつ、あんな生まれのくせして、趣味《しゅみ》だけはいいからな。こいつも男にしては上出来だ。充分《じゅうぶん》に楽しめそうだ」

「馬鹿、ライオネルがもてるのは、あんな生まれだからだろ? 男も女もうまく口説くのは、全部母親譲《ゆず》りさ」

紫里はとうとう我慢《がまん》ができなくなって、男たちをじろりとにらみつけた。

自分のことはいい。だが、ライオネルの悪口はこれ以上聞いていられない。

「ライオネル様のことを悪く言うのは、やめていただけませんか？」

毅然《きぜん》とした声を出すと、男たちが一瞬息をのむ。

だがその抗議は、紫里に対する邪《よこしま》な興味をそそっただけだ。

「見かけによらず気が強いのもいいな」

「おい、やらせろよ」

言葉と同時に、いきなり手をつかまれて、紫里は怯《ひる》んだ。

「ああ、俺もだ」

反対側からも別の男が身体をよせてくる。

紫里は左右からがっちりと腕を抱《かか》えこまれ、逃《に》げることもできなくなった。

「やめてください」

恐怖《きょうふ》を堪えて懇願《こんがん》しても、男たちはせせら笑うだけだった。

「さあ、ここは人目がある。楽しいことができる場所に行こうぜ」

「や、め……っ」

ここはパーティー会場だ。悲鳴など上げては、ライオネルに恥《はじ》をかかせることになる。

紫里はどうすることもできずに首を振《ふ》った。

その時、突然《とつぜん》背後から低く脅《おど》すような声がかけられる。

「そいつから手を離《はな》せ」

声の主はライオネルだった。

また危ないところをライオネルに助けられたのだ。

「なんだ、そんな怖《こわ》い顔するなよ、ライオネル。ちょっと遊んでやろうと思っただけだぞ」

「黙《だま》れ」

言い訳したジョージを、ライオネルは一喝《いっかつ》した。

昼間、銀行でも彼らの父親たちは、ライオネルのひと言でたじたじになっていた。

圧倒《あっとう》的な迫力《はくりょく》を発揮したライオネルには、誰も逆らえないのだ。

自由になった紫里は、そっとライオネルの背にまわった。

ちらりと様子を見ると、男たちは仕方なさそうに引き揚《あ》げていく。

「あの……助けていただいて、ありがとうございました」

紫里は精一杯《せいいっぱい》の気持ちを込めて礼を言った。

だが、ライオネルは振り返りもせずに、肩《かた》を震《ふる》わせている。

「……ライオネル……あの……、子供の時も、ありがとうございました。何も知らなくて」

「そんなことはどうでもいい」

ライオネルは怒りに駆られたように言いながら、唐突《とうとつ》に紫里に向き直った。

真剣《しんけん》に刺《さ》すように見つめられて、我知らず唇《くちびる》を震わせた。

「おまえの危なっかしさは、相変わらずだ。少しも成長していない」

「ご、ごめんなさい……」

「あいつらは昔も今も変わらない。俺が興味を示すものには、必ずちょっかいをかけてくる。俺がわざわざおまえを突《つ》き放したのは、なんのためだったと思っている？　今だってそうだ。あれぐらい自分でなんとかできないなら、俺のそばにはいるな。さっさと日本に帰ってしまえ」

「……！」

紫里は呆然《ぼうぜん》となった。

でも、ライオネルの今の言葉は、昔の記憶《きおく》を大きく揺《ゆ》さぶる。

わざわざ突き放した？

それは湖での事件があったからだろうか？

ライオネルが興味を示すものに必ずちょっかいを出す。そのせいで、紫里が湖で溺れたと言いたいのだろうか？

だから、ライオネルはあのあと突然冷たくなったのか。

それなら、もし、あの事件がなかったとしたら、ライオネルはずっと優《やさ》しいままでいてくれたのだろうか。

紫里は混乱する思いに首を振った。

けれど、真っ先に言っておかなければならないことがある。

「いやです。日本には帰りません」

過去にあったことをすべて問い質《ただ》したかった。でも、それは叶《かな》えられなくてもいい。

ほんの少し前に、ライオネルへの気持ちに気づいたばかりだ。

ライオネルを愛している。

だからこそ、そばにいたい。ライオネルがそばに置いてくれるなら、ほかのことはどうでもよかった。

ライオネルは食い入るような目で紫里を見つめてきた。

条件反射のように心臓が高鳴って、胸も苦しくなる。

けれど、ライオネルはしばらくして、ふっと紫里から視線を外した。

「勝手にしろ……とにかくこのパーティーからは引き揚げる。おまえは車で帰れ。俺はクリスティンを送っていく」

「！」

ライオネルの言葉に、紫里は忘れていた痛みを刺激《しげき》された。

クリスティン……！

ライオネルはあの女性と夜を一緒《いっしょ》に過ごす気なのかもしれない。

いやだ！　いやだ！

あの女性とは行かないでほしい！

そばにいられるなら、ほかのことはどうでもいい。そう思ったばかりなのに、心が悲鳴を上げる。

けれど、縋《すが》るように見つめても、ライオネルは一度も振り返ってくれなかった。紫里をその場に残し、クリスティンの元へと真っ直ぐに歩いていってしまったのだ。

7

パーティーから戻《もど》った紫里は、自室で着替《きが》えだけを済ませ、ふらふらと主寝室《しゅしんしつ》を目指した。

ライオネルはきっと戻ってこないだろう。

けれど、クリスティンを送っていくという言葉に縋りたかったのだ。

夜遅《おそ》く主人を迎《むか》える習慣は、とうになくしたらしく、祖父はもう自分の部屋で休んでいる。

主寝室に到着《とうちゃく》し、紫里はそっとドアを開けて中に滑《すべ》りこんだ。

灯《あか》りは点《つ》けずに窓際《まどぎわ》まで行って、そっとカーテンを開ける。

外には常夜灯と月明かり、両方があって、目が慣れてくると、室内にあるものすべてが見渡《みわた》せた。

待っていても、無駄《むだ》かもしれない。でも、帰ってきてほしいと、願わずにはいられない。

紫里は窓際に置かれた肘掛《ひじか》け椅子《いす》に、力なく座りこんだ。

最初から、自分の気持ちは真っ直《す》ぐライオネルへと向かっていた。

だから、少しでも可能性があるなら、それに賭《か》けてみたい。

男の子は泣くな。

そう教えてくれたのは、ほかならぬライオネルだ。

乗馬や水泳を教えてもらう時も、へこたれそうになるたびに、諦《あきら》めるな、もう少し頑張《がんば》れと、よく励《はげ》まされた。

これからどうしたいのか、自分でもまだよくわからない。それでも今すぐ日本に逃《に》げ帰るような真似《まね》だけはしたくなかった。

ライオネルに言われたように、もっと強くなって、できればずっとそばにいさせてほしい。

ずっと、そばに……。

そんな思いにとらわれているうちに、紫里はいつの間にか自分の身体を椅子に深く沈《しず》みこませていた。

あまりにも目まぐるしく色々なことがあったせいで、疲れが出たのだろう。

そのままぼんやりしていると、突然ドアの開く音がする。

「誰だ？　ユカリか……何故《なぜ》、ここにいる？」

「すみません！」

いっぺんに正気に戻った紫里は慌《あわ》てて立ち上がった。

室内にはすでに煌々《こうこう》と灯りが点き、ライオネルはテールコートを着たままで近づいてくる。

「こんな夜中に、何をしている？」

取りつく島もない様子で問いを重ねられ、紫里は焦《あせ》って言い訳を考えた。

「……ライオネル様のお世話をするのが、私の役目ですから……」

蚊《か》の鳴くような声で言うと、ライオネルが呆《あき》れたようにため息をつく。

「こんな夜中に使用人を起こすつもりはない。もう遅《おそ》いから部屋に帰って寝《ね》ろ」

紫里は反射的に首を振《ふ》った。

今はなんとしてもライオネルのそばから離れたくない。

紫里は勇気を振り絞《しぼ》って、整った顔を見上げた。

羞恥《しゅうち》で頬《ほお》を染めながら懸命《けんめい》に訴《うった》える。

「私の役目はほかにもあると……ライオネル様が……」

自分から淫《みだ》らな誘《さそ》いをかけているも同然の言葉。しかし、ほかに理由を見つけられない以上、これに頼《たよ》るしかない。

案の定、ライオネルは呆れたように言う。

「一回、抱《だ》いただけで、もう自分から催促《さいそく》するようになったのか？」

「違《ちが》います……そうじゃなくて、ライオネル様が……」

「俺が、なんだ？」

意地悪くたたみかけられて、紫里は唇《くちびる》を噛《か》みしめた。

でも、追いだされたくなければ、この先の言葉を言うしかない。

「……抱いて……ください……っ」

紫里はさらに頬を熱くしながら、口にした。

とたんにライオネルが怒ったように肩《かた》をつかんでくる。

「ユカリ、おまえは自分が何を言っているか、わかっているのか？　あの時だって散々震《ふる》えていたくせに、まだ懲《こ》りないのか？」

「だって、ライオネル様が言ったんじゃないですかっ。ここにいたかったら、夜の相手もしろって……それなのに、今になって……ひどい……っ」

いくら自制しようと思っても、感情が高ぶって声が震える。

涙《なみだ》を堪《こら》えるのが精一杯《せいいっぱい》で、それ以上は言葉にならなかった。

ライオネルは苛立《いらだ》たしげに舌打ちして、乱暴に紫里を引きよせる。

温かな胸に抱きこまれた瞬間《しゅんかん》、我慢《がまん》していた涙がこぼれ落ちた。

「おまえのような馬鹿《ばか》は見たことがない。何故、そこまでする？　俺のことが怖《こわ》くないのか？」

ライオネルは呆れたように問いかけてくるが、紫里は懸命に首を横に振った。

ライオネルが怖いなんて、あり得ない。

「仕方ないな」

ぼそりとした呟《つぶや》きが聞こえたとたん、紫里の身体はふわりと抱き上げられた。

そのまま紫里はライオネルにベッドの上まで運ばれる。

「自分から望んだことだ。今になって逃げるなよ？」

「逃げません！」

「それなら、とことん抱いてやる」

ライオネルの脅《おど》すような声で、紫里の身体は甘く痺《しび》れた。

ジャケットが性急に脱《ぬ》がされて、シャツのボタンも外される。

ライオネルはそっと上から覆《おお》い被《かぶ》さってくる。

自分から誘うような真似をしたことが、死ぬほど恥ずかしい。

けれど、ライオネルのそばにいるには、これ以外の手段を思いつかなかった。

それにライオネルは紫里が予想したよりも早く帰ってきた。クリスティンを送っていったのは、本当に言葉どおりの意味だった。

きっとライオネルはまだ誰のものでもない。

だから、身体だけの繋《つな》がりだったとしても、今は自分だけのものにしておける。

「ユカリ」

「あっ」

耳元で甘く名前を呼ばれただけで、身体の芯《しん》まで痺れてしまうようだった。

シャツの合わせを開かれて、平らな胸があらわになる。

自分から望んだことなのに、いざとなればこんなふうに淫らな格好をさらすことがとても恥ずかしくなる。

ライオネルはそっと胸に顔を伏《ふ》せてきた。

「あ……んっ」

頂に唇がつけられただけで、紫里は甘い吐息《といき》をこぼした。

ライオネルは舌でそろりと先端《せんたん》を舐《な》め、そのあと口に含《ふく》んできつく吸い上げてくる。

じんとした刺激《しげき》が生まれ、それが瞬《またた》く間に全身に伝わった。

「可愛《かわい》い乳首《ちくび》だ。感じやすいのもいい」

身体をよじってもライオネルの愛撫《あいぶ》は止まらず、右の乳首をきゅっとつまみ上げられる。

「ん……っ」

紫里が息を詰めると、今度は指の腹で宥《なだ》めるように先端を撫《な》でられた。

ライオネルの舌は、胸から鎖骨《さこつ》へと進み、さらに上まで滑らされた。やわらかい耳たぶに歯を立てられたとたん、紫里はびくっと大きく腰《こし》を震わせた。

下肢《かし》がもう熱くなっている。

こんなに急に変化させてしまったのも恥ずかしくてたまらない。

「ユカリ、肌《はだ》が薔薇色《ばらいろ》に染まってきた。それに今日はずいぶん淫らだな」

囁《ささや》かれた瞬間、紫里は耳まで赤くなった。

ライオネルの視線は、まだスラックスを穿《は》いたままの下肢に向けられている。

そこはもう外からでも変化がわかるほど昂《たか》ぶっていた。

「ライオネル……っ」

たまらず名前を呼ぶと、ライオネルがふわりと微笑《ほほえ》む。

「もう、我慢できないのか？」

からかうように言われ、またさらに羞恥に駆《か》られるが、紫里は素直《すなお》に頷《うなず》いた。

「誘い方がうまいな」

ライオネルはそう言って、紫里の下肢に手を伸《の》ばしてきた。

ベルトを外され、スラックスも引き下ろされる。濡らしてしまった下着も、性急に奪《うば》い取られた。

でも自分だけ淫らな格好になったのに、ライオネルはいまだにテールコートを身に着けたままだ。

「ライオネル様のも……」

紫里は甘えるように囁きながら、テールコートの上着に手を伸ばした。

けれど紫里の手はすぐライオネルにつかみ取られる。

「いい。おまえは手を出すな」

ライオネルはそう言ったかと思うと、さっさと自分でテールコートの上着を脱ぎ捨てた。やわらかなネクタイを毟《むし》るように外し、ウェストコート、シャツと順番に取り去っていく。

ちらりと覗《のぞ》いた逞《たくま》しい胸に、紫里は息をのんだ。鍛《きた》え上げ、張りつめた筋肉が、ライオネルが呼吸をするたびに上下している。

上半身をさらしたライオネルは、すぐに紫里を抱《だ》きしめてきた。

「あっ」

唇から首筋、そして胸へと、嚙みつくように口づけられる。

乳首の先端にライオネルの熱い息がかかっただけで肌が粟立《あわだ》った。舌先でぺろりと舐められると、びくんと腰が跳《は》ね上がる。

「ああ……」

思わず甘い吐息を漏《も》らすと、ライオネルはさらに本格的な愛撫を加えてくる。

「ユカリ、乳首を赤く尖《とが》らせて……ずいぶん可愛い反応だ。ここをかまわれるのが気に入ったのか？」

「やっ、違う……から……っ」

紫里は慌てて首を振った。

けれど、その時にはもう敏感な先端がライオネルの口に含まれる。

ちゅくっと濡れた音をさせながら、吸い上げられると、ひときわ強い刺激が走り抜《ぬ》けて、背中が大きく反り返る。

ライオネルは左右交互《こうご》に何度も先端を口に含み、吸い上げてきた。

「やっ、やめ……っ……もう、いやだ」

強い快感を堪えきれず、紫里は思わず頼《たの》みこんだ。

感じすぎて、どうなるのかと思うと、怖くてたまらなかった。

ライオネルはようやく口を離《はな》して、ふわりとした笑《え》みを浮《う》かべる。そして今度はすっと下半身に手を滑《すべ》らせてきた。

「触《さわ》って欲しいのはこっちか？」

「あっ」

中心はすでに恥《は》ずかしいほどそそり勃《た》っていた。それを大きな手でそっと握《にぎ》られて、紫里は身悶《みもだ》えた。

根元からゆっくり擦《こす》り上げられると、熱くなった場所がさらに硬《かた》く張りつめる。

「蜜《みつ》がいっぱい溢《あふ》れてきた。気持ちがいいのか？」

「やっ、そんなこと言わないで……恥ずかしいからっ」

紫里は思わず抗議《こうぎ》の声を上げた。

「恥ずかしい？　それなら、おまえも一緒《いっしょ》にやってみるか？」

「え？」

訊《たず》ね返す暇《ひま》もなく手をつかまれて、ライオネルの中心へと導かれる。

ライオネルはまだテールコートのスラックスを着けたままだった。でも、上から触《ふ》れただけでも、そこが熱くなっているのがわかる。

たとえ身体《からだ》だけだとしても、ライオネルも自分を求めてくれている。

「さあ、ユカリ、おまえの手で気持ちよくしてくれ」

「あ……」

紫里はひゅっと息をのんだ。

それでもライオネルの求めに応じて、そっとスラックスに触《ふ》れる。

自分から言いだしたのだ。だから、これぐらいで怖《こわ》がってはいられない。

紫里は苦労してボタンを外し、それから思いきって中まで手を滑《すべ》りこませた。

直に触れたライオネルは火傷《やけど》しそうなほど熱くなっていた。やわらかく包みこんだだけで手の中のライオネルがさらに大きくなる。

「ユカリ……いいぞ」

ライオネルが気持ちよさそうな声を漏《も》らしたのに後押しされ、紫里はさらに愛撫《あいぶ》を加えた。

つたないやり方だが、懸命《けんめい》にライオネルを刺激《しげき》する。

紫里の中心もライオネルの手で一緒《いっしょ》に揉《も》みしだかれた。

「あ……くっ……ああっ」

体温がまた一気に上昇《じょうしょう》し、呼吸も苦しいほどに乱れてくる。

手で擦《こす》られているだけなのに、紫里はあっさり弾《はじ》けてしまいそうになった。

互《たが》いに高め合っているのだ。

そう思っただけで、よけいに身体《からだ》が熱くなってしまう。

これ以上はとても我慢《がまん》できない。

紫里はねだるように腰をくねらせた。

「まったく、とんでもないな」

ライオネルは怒《おこ》ったように言って、紫里の中心から手を離した。

だが次の瞬間《しゅんかん》には、手で包まれていたものがまた熱い感触《かんしょく》で覆《おお》われる。

「あっ、あ、くっ」

圧倒《あっとう》的な快感に支配されて、紫里は高い声を放った。

張りつめたものがライオネルの口ですっぽりとくわえられていた。

窄《すぼ》めた口で全体を何度も擦られ、敏感な先端やくびれの部分は舌を絡《から》めて丁寧《ていねい》に舐められる。

巧《たく》みな愛撫で紫里はすぐに音を上げた。

「や……ライオネル、もう……離してっ」

紫里はせわしなく息を継《つ》ぎながら、懸命《けんめい》に手を伸ばした。

今すぐすべてを吐《は》きだしたかった。でも、ライオネルの口に出すなんて、考えただけで頭がおかしくなりそうだ。

「我慢せずに達《い》け」

ライオネルの口はすぐに戻《もど》ってきた。そのまますべてを奪い尽《つ》くすように吸引される。

「やっ……あああ……っ」

紫里はあっさり上りつめた。

なすすべもなく、ライオネルの口に全部出してしまう。

羞恥《しゅうち》で死にそうだった。それでも圧倒的な気持ちよさには逆らえない。

紫里はぶるりと腰《こし》を震《ふる》わせ、最後の一滴《いってき》まですべてライオネルの口に注ぎこんでいた。

「まだ終わりじゃないぞ、ユカリ」

しばらくして、ライオネルの声がする。

解放の余韻《よいん》でぼうっとしていた紫里は、腰を新たに抱《かか》えこまれ、ベッドの上に浮かされた。

「ユカリ、舐《な》めてやるからもっと足を大きく広げろ」

「あっ」

「やっ」

首を振《ふ》って拒否《きょひ》しても、ライオネルが止まるはずもない。

あらわになった場所に指が添《そ》えられて、狭《せま》い入り口が開かれる。

そこに濡れた舌を押しつけられて、紫里はすくみ上がった。

「や……っ」

恥ずかしい愛撫《あいぶ》はひとつに繋《つな》がるための準備だ。

それに、紫里のそこはもうその感覚を知っている。

窄まりを舐められるたびに、痺《しび》れるような快感が湧《わ》いた。中まで舌を入れられると、びくびく小刻みに震えてしまう。

そのうえ達したばかりの中心までが、ゆるりとまた勃ち上がってくる。

「ああっ、……あっ、ふ、くっ……ぅぅ」

紫里はひっきりなしに嬌声《きょうせい》を上げた。

舌で舐めほぐされたあとは、指で掻《か》きまわされる。

くいっと狙《ねら》ったように弱い場所を引っかかれると、それだけでまた達しそうになった。

けれどライオネルは意地悪く、その寸前で根元をぎゅっと締《し》めつける。

「ユカリ、もっと乱れた顔を見せてみろ」

「やっ、ああ、く……ぅぅ」

紫里は涙《なみだ》をこぼしながら身悶えた。

もう、本当におかしくなると思った頃《ころ》に、ようやくライオネルが指を抜く。

蕩《とろ》けた場所に熱い杭《くい》があてがわれ、紫里はさらにぶるりと震えた。

ぐっとそのまま、逞しいものが中までねじこまれる。

「あっ……く、うぅぅ……」

「ユカリ」

耳元に甘く囁《ささや》かれた瞬間、灼熱《しゃくねつ》の杭が最奥まで突《つ》き入れられた。受け止めきれない愉悦《ゆえつ》で、意識が掠《かす》れる。

ライオネル様、好き……！

だから、いつまでも、おそばに置いて……。

紫里は必死にそれだけを願いながら、ライオネルにしがみついた。

8

紫里は祖父と肩《かた》を並べて伯爵家《はくしゃくけ》のロングギャラリーを歩いていた。

祖父はかなりの年になっているが、背筋を真っ直《す》ぐに伸《の》ばした姿には、独特の威厳《いげん》がある。

「お祖父《じい》ちゃん、よかったら教えてほしいんだけど……」

紫里は祖父の顔色を窺《うかが》いつつ、おもむろに切りだした。

この城館に来てから、すでに一ヶ月ほどが経《た》っていた。しかし、最初のうち目まぐるしく色々なことが起きたわりには、そのあとの日々は静かなものだ。

紫里は執事《しつじ》と秘書、両方を兼任《けんにん》するような形で、毎日ライオネルのあとをついてまわり、少しは役に立つ仕事も見つけられるようになっていた。

ライオネルは個人的に世話をやかれることを好まず、もし許しが出るとしても、おそらく秘書寄りの仕事を命じられることが多くなるはずだった。

祖父には絶対に明かせないが、パーティーの夜以来、紫里は時々秘密の役目も果たしている。

最初のうちライオネルは紫里を日本に帰すことだけにこだわっていたようで、わざと難題を振《ふ》っていたらしいのだが、今では渋々《しぶしぶ》ながらも紫里を見習いとして認め始めている。

けれど、それはあくまで紫里の受ける希望的な印象にすぎなかった。

もし、ライオネルに役立たずだと認定《にんてい》されれば、紫里はすぐ日本に帰されてしまうことになるのだ。

そして、紫里はいまだに自分の気持ちを打ち明けられないままだった。

もちろん、執事《しつじ》か、あるいは秘書としてライオネルのそばにいるのが、第一の目標だ。だから、愛していると告白する機会など、永久に巡《めぐ》ってこないかもしれない。

それでもいい。ほんの少しでもライオネルの役に立てるなら、それ以上のことは望まない。

「教えてほしいこととはなんだ？」

ロングギャラリーの端《はし》まで来て、祖父はおもむろに口を開く。

「……ライオネル様のことが訊《き》きたいんだけど……」

紫里はためらいつつも、真っ直ぐに祖父の目を覗《のぞ》きこんだ。

「何が目的だ？」

主人のプライベートを漏《も》らすなど、執事としてはあるまじき行為《こうい》だ。祖父がすんなりＯＫしてくれるはずもない。そうわかっていても、訊《たず》ねてみずにはいられなかった。

「オーランド銀行のことが気掛《きが》かりで……ライオネル様と、重役の方々……どうしてあんなに敵対しているのかと」

あれからライオネルは銀行には足を向けていない。

だから紫里も、改善案がきちんと提出されたかどうかは、知らなかった。

しかし、もし重役連があの調子を続けているなら、ライオネルは容赦《ようしゃ》なく銀行を売りに出してしまうだろう。

ライオネルは伯爵家の体面などどうでもいいと思っているふしがある。けれど、紫里には貴族としての立場はこれからも守っていった方がいいのではないかと思う。

もちろん、こんな生意気なことを言えば、ライオネルにはすかさずはねつけられてしまうだけだ。しかし紫里は、この件で何かできることがあるなら、実行したいと思っていた。

ライオネルがどうして銀行の重役たちと対立するようになったか、詳《くわ》しい経緯《けいい》を知りたい。それを理解しておかないと、説得のしようもないのだ。

「オーランド銀行か……仕方ない。私の知っていることを話してやろう」

「え？　ほんとにいいの？」

紫里が驚いた声を上げると、祖父はばつが悪そうに口元をゆがめた。

「紫里、ちょうど休憩《きゅうけい》を取ってもよさそうな時刻だ。庭の四阿《あずまや》にでも行こう」

「はい」

紫里は言われるままに、祖父と四阿へ向かった。

ライオネルは今日、友人宅を訪ねるとのことだったので、しばらくは時間もある。

紫里は祖父と並んで大理石のベンチに腰《こし》を下ろした。

「紫里、私はそろそろ引退しようかと考えている」

「えっ、引退？　いつかはその日が来るとは思ってたけど……」

祖父の決意を聞いて、紫里は口ごもった。

「まだまだ若い者には負けないつもりでいたが、年には勝てんよ」

「だって、お祖父ちゃんは誰《だれ》にも負けない仕事をしているのに」

「そう認めてもらえるなら、私も嬉《うれ》しい限りだ。しかし、執事という職はもう必要ないとされる世の中になってしまった。先代の頃はまだよかったが、当代の伯爵はなんでもご自分でこなしてしまわれる。お世話をする余地もないのでな」

祖父の話に、紫里は思わずため息をついた。

ライオネルに限って言えば、本当に執事は必要ないだろう。

「だがな、紫里。おまえなら、執事という枠《わく》にとらわれずに、伯爵のお世話をしていけるかもしれない」

「でも、ライオネル様は、ぼくではとても……」

突然の言葉に紫里は思わず首を振った。

もちろん、祖父の言うとおりになるのが望みだが、あまり自信はない。

「いや、おまえならきっとできる。私は伯爵のことをおまえに頼みたいのだ。伯爵があんなふうになられたのは、父上や母上に対するお怒りからだろう」

祖父がようやく本題を切りだすように言う。

紫里は眉《まゆ》をひそめて、憂《うれ》いを秘めた祖父の顔を見守った。

「ライオネル様には伯爵夫人とは別に血を分けたお母様がいらっしゃると、ぼくも聞いてるけど、どんな方だったの？」

「さあ、私もお会いしたことがないので、よくは知らない。職業で人の貴賤《きせん》は決められない。しかし、あまり評判のよくない職に就《つ》いておられたことは確かだ。伯爵ご夫妻はお子様に恵《めぐ》まれなかった。外でお子様をという話は、伯爵夫人の方が言いだされたことだ。しかし、伯爵がお選びになった女性は、お気に召《め》さなかったらしい」

「そんな……勝手な」

紫里は怒りに駆《か》られて、吐《は》きだした。

自分にも最初は父と呼べる人はいなかった。それでも両親は互《たが》いに愛し合って子供を儲《もう》けたはずだ。結婚《けっこん》したのは、それから十五年もあとのことだったが、今でもふたりは仲よく暮らしている。

それなのに、跡継《あとつ》ぎが必要というだけで、愛してもいない女性との間に子供を作るなど、あまりにも勝手すぎる話だろう。

「ライオネル様は、できたお子様だった。しかし、イートンの三年生になられたあたりで、出生のことを知ってしまわれたのだ。ご親戚《しんせき》の心ない方々の口からな」

ため息混じりの声を出した祖父に、紫里は眉《まゆ》をひそめた。

パーティーに集まっていた者か、それとも彼らの親である銀行の重役たちか、いずれにしてもひどい人たちだ。

ライオネルがどんなに傷ついたかを思うと、紫里まで胸が締《し》めつけられたように痛くなってくる。

「ライオネル様は荒《あ》れてしまわれた。長い休暇《きゅうか》の時しかお戻《もど》りにならなくて、まあ、若い者にはありがちな話だが、悪い遊びなども覚えられて……すると今度は、またご親戚の方々が、ライオネル様は後継者《こうけいしゃ》として相応《ふさわ》しくないと騒《さわ》ぎ始めたのだ」

祖父から話を聞くうちに、紫里の記憶《きおく》のパズルがすべてあるべきところに収まった。

それは紫里がライオネルと出会った頃の話だろう。

子供心にも時折感じたライオネルの暗い陰《かげ》は、そういう背景が原因だったのだ。

「でも、ぼくがちょうど日本に帰る時だった。ライオネル様は家を出ていこうとされていたのに……」

紫里が呟《つぶや》くと、祖父は急ににっこりとした笑顔《えがお》になった。

「それはおまえのためだ、紫里」

「え？　ぼくの？」

「おまえがライオネル様に頼《たの》んだのだろう。いつか必ず戻ってくるから、このお屋敷《やしき》にいてくださいと」

「でも、でも……まさか、ほんとに？　だってぼくのためだなんて、とても信じられない」

紫里は首を左右に振った。

あのライオネルが、人の意見に簡単に左右されるなど、あり得ないだろう。しかも自分はあの時まだ子供で、我が儘《まま》放題を言ったにすぎないのに……。

「それはいずれ、おまえ自身でライオネル様に確かめてみるがいい。先代の伯爵《はくしゃく》ご夫妻が相次いで亡くなられたのは五年ほど前だ。ライオネル様はそれから、本当によくやってこられた。伯爵家を継《つ》ぐのは、生半可な覚悟《かくご》ではできないことだ。ご一族は何かと言うと、ライオネル様のお血筋を問題にされていたが、オーランド銀行が今日あるのも、すべてはライオネル様の手《しゅ》腕《わん》があってこそだ」

「でも、ライオネル様はもう手放してもいいと……」

「そうだな。一族の方々は銀行に依存《いぞん》しておられるだけで、ライオネル様のご苦労を少しも理解されていない。しかし、個人的な意見を言えば、せっかくここまでやってこられたのだ。これからも続けていってもらいたいと思うが」

「ぼくも、そう思う」

「とにかくライオネル様のことは、おまえに頼《たの》んだぞ。もうあまり時間はないが、私もできる限り協力する」

「わかったよ、お祖父ちゃん。なんとか頑張《がんば》ってみる。色々話してくれて、ありがとう」

紫里は祖父の温かな励《はげ》ましに胸を震《ふる》わせた。

いよいよ引退の時が迫《せま》っている。それは同時に、紫里自身の覚悟も問われる時だった。


ライオネルはその日の午後遅《おそ》くなって、屋敷に戻ってきた。

「お帰りなさいませ」

紫里と祖父は玄関《げんかん》ホールで揃《そろ》ってライオネルを迎えた。

これが由緒《ゆいしょ》正しき貴族の館《やかた》での主の迎え方だ。

だが、ライオネルは自室に落ち着く暇《ひま》もなく、紫里に向かって言いだした。

「久しぶりに馬に乗るか？　陽《ひ》が沈《しず》むまで、まだ間がある。おまえもつき合え」

いきなりの誘《さそ》いに、紫里は我知らず胸を弾《はず》ませた。

この乗馬にはライオネルの執事《しつじ》、あるいは秘書としてつき合うだけだ。それでも昔と同じようにライオネルと馬に乗れるかと思うと、嬉しさがじわりと込み上げてくる。

「では、乗馬服に着替《きが》えてきてよろしいでしょうか？」

「ああ、いいぞ。ただし、早くしろよ」

「わかりました」

紫里はそう答えざま、ライオネルの部屋から飛ぶように退出した。

祖父は一瞬《いっしゅん》呆《あき》れたような表情を見せる。だが、それはすぐにかすかな笑みとなった。

紫里は急いで乗馬服に着替えて黒の長いブーツを履《は》いた。クローゼットの上段から帽子《ぼうし》の箱を下ろして、乗馬用の猟騎帽《りょうきぼう》を取りだす。堅《かた》いフェルトでできた帽子を被《かぶ》ると、気分も引きしまる。

ライオネルは庭の一角にある厩舎《きゅうしゃ》で紫里を待っていた。

横には広い馬場があって、紫里はここでライオネルから乗馬を教わった。

「お待たせしました、ライオネル様」

紫里は長身を見つけたと同時に、そばまで駆けよっていった。

ライオネルの上着は深みのあるロイヤルブルー、乗馬用のスラックスとブーツ、猟騎帽は黒だった。そこから少しだけはみだしたダークブロンドの髪《かみ》に、陽射《ひざ》しが当たって、煌《きら》めいている。

空はやわらかなブルー、ライオネルの瞳《ひとみ》の色にとてもよく合っていた。

「おまえはそっちの馬に乗れ」

ライオネルが指さしたのは艶《つや》やかな葦毛《あしげ》だった。もしかしたら、昔、紫里が乗っていた馬の子供だろうか。

紫里はふっと笑みを浮《う》かべ、身軽に馬上へと身を移した。

「なんだ、日本でも乗馬を続けていたのか？」

「ええ、ずっと……今ではレースにも出場できるほど腕《うで》を上げました」

「ほお、生意気なことを……それなら、競争するぞ。手加減なしだ」

「いいですよ？」

挑戦的《ちょうせんてき》に応じた紫里は、ぴしりと鞭《むち》を鳴らした。

ライオネルは栗毛《くりげ》の馬だ。ほとんど同時に馬場を飛びだして、果樹園を抜《ぬ》ける道へと向かう。

ここもまた思い出の場所だった。あの夏休み、ライオネルと最後に出かけた乗馬で、初めてここをとおった。

紫里は懐かしさにとらわれながらも、必死に手綱《たづな》を操《あやつ》った。それでも、やっぱりライオネルには敵《かな》わない。いくらも行かないうちに差がどんどん広がっていく。

紫里はライオネルの後ろ姿を懸命《けんめい》に追った。

そのライオネルは時折、ふっと紫里を振《ふ》り返る。ちゃんとついてきているかどうか、確かめてくれているのだろう。

頼もしい背中を追いかけるのは、昔も今も一緒だった。

離《はな》れている間も、ずっとライオネルだけを求めていたのだ。

今さら、その気持ちは変えられない。何があろうと、ライオネルに向かうこの熱い気持ちは絶対に変わらないと思う。

果樹の森を抜け、近くの野原をひと走りする。ライオネルは小高い丘《おか》で馬を止めた。ワイルドローズがあちこちに密生し、可憐《かれん》な赤い花を咲《さ》かせている。

草むらで腰《こし》を下ろすと、驚《おどろ》いた小鳥がいっせいに飛び立っていった。

ライオネルも紫里の隣に座りこむ。

「久しぶりにのんびりした。ユカリ、膝《ひざ》を貸せ」

「え?」

返事を返す暇もなく、猟騎帽を脱《ぬ》いだライオネルが、紫里の膝の上にダークブロンドの頭を乗せてくる。ライオネルはそのまま草むらに長身を横たえた。

完全に膝枕《ひざまくら》をされる体勢になって、紫里の心臓は高鳴った。

いつも、もっと際《きわ》どいことをしているのに、何故《なぜ》か恥《は》ずかしくてたまらなくなる。

しかしライオネルが気持ちよさそうに目を閉じているので、紫里は身動《みじろ》ぐことさえできなかった。

羞恥《しゅうち》で頬《ほお》を染めたまま、じっとしていると、ライオネルがぽつりと口を開く。

「ササキが引退したいと言ってきた」

「祖父からもうお聞きになったんですね」

紫里はそう言って、ため息をついた。

祖父は強い人だから、一度決意を固めると、もう迷わないのだろう。きっと着替えの時にでも、ライオネルに真意を打ち明けたのだ。

「おまえはどうするんだ？」

「……！」

抑揚《よくよう》のない声で訊《たず》ねられ、紫里の心臓はひときわ大きく跳《は》ね返った。

ここにいていいかどうかを決めるのは紫里じゃない。伯爵《はくしゃく》であるライオネルだ。

まるで、紫里が祖父と一緒に帰国すると言いだすのを待っているかのようだ。

紫里はたまらなくなって、言葉を紡《つむ》いだ。

「どうして、私に訊《き》くんですか？　私の気持ちは変わっていません。祖父の跡《あと》を継《つ》いで、ずっとここにいたいと、もう何度も言いましたっ！」

最後は興奮気味に叫《さけ》んでしまう。

好きなのに、いつだってライオネルは自分を突《つ》き放してばかりだ。一度としてつかまえたと満足できたことはなかった。

それにライオネルは紫里の気持ちもわかっているのかもしれない。なのに、いつも中途半端《ちゅうとはんぱ》に優《やさ》しくするだけで、するりと逃《に》げだしてしまう。

紫里は悔《くや》しい思いに駆《か》られ、唇《くちびる》を噛《か》みしめた。

「ユカリ、俺はおまえがどうしたいか、訊いただけだ。何をそうむきになっている？」

「ライオネル……」

震え声で名前を呼ぶと、すうっとライオネルの手が伸《の》ばされる。

紫里は大きな手で後頭部を包まれて、そのまま首を前に曲げさせられた。

下を向いた紫里を待ち受けていたのは、ライオネルの唇だった。

そっと宥《なだ》めるように口づけられる。

唇はすぐに離れていったが、やけに優しい感触《かんしょく》で、今度は胸がせつなくなった。

ライオネルは下からじっと見つめてくる。だが青灰色の瞳には、何かを迷っているような色があった。

しばらく沈黙《ちんもく》が続くうちに、そのライオネルの目がふっと閉じられる。

「ユカリ、ここに残ってササキの跡を継ぎたいならそうすればいい」

低い声が聞こえたとたん、紫里は信じられない思いで目を見開いた。

とうとう認めてくれた！

これで、ライオネルのそばにいる権利を獲得《かくとく》できた！

「ライオネル！」

すぐにお礼を言おうと思ったが、胸がいっぱいでそれ以上言葉が出てこない。

けれど、ライオネルの言葉には続きがあったのだ。

「ユカリ、俺が許可を出したのは、おまえの頑張《がんば》りに対してだ。だが、俺は……俺の本音は違《ちが》う。好きにしていいとは言ったが、おまえは日本に帰った方がいい」

紫里は呆然《ぼうぜん》となった。

そばにいていいと言ったそのあとに、こんな仕打ちはひどすぎる。

ライオネルはあくまで自分を拒《こば》んでいる。

そばにいていいと言うくせに、必要としてくれているわけではないのだ。

毎夜のように自分を抱《だ》くくせに、それでも紫里という人間はいらない。

喜びが大きかっただけに、その反動で気持ちが奈落《ならく》の底まで沈《しず》んでいく。

膝に乗せられたライオネルの重みを温かく感じるのに、心の中に冷たい風が吹《ふ》き抜けていくようだ。

どんなに追いかけても、結局いつもライオネルには届かない。

いつまで経《た》っても、永久に届かないのだ。

9

紫里の祖父、佐々木洋輔の引退が三日後に迫《せま》っていた。

最終日の夜には、伯爵家の城館で働く使用人が集まって送別会を開くことになっている。

祖父にはライオネル様を頼むと言われたが、紫里はまだ自分の進退を決めかねていた。

ライオネルに必要とされないままで館《やかた》に留まる勇気もなければ、すべてを諦《あきら》めて帰国する勇気もない。

結局、自分はうじうじしていた子供の頃《ころ》から少しも成長していないのだろう。

紫里は自嘲《じちょう》気味に思いながら、機械的に身体《からだ》だけを動かしていた。

相変わらずライオネルのあとをついてまわる日々が続き、仕事の内容も少しは理解できるようになった。機会をもらえれば、自分なりのやり方でライオネルの補佐《ほさ》をすることも可能だろう。もちろん、補佐などと言っても、ライオネルの助けとなるのはほんの僅《わず》かだろうけれど。

朝、紅茶を飲んでいるライオネルのそばで、紫里はぼんやりと考えこんでいた。

「伯爵、今日のご予定は何かございますか？」

祖父はいつもどおりぴんと背筋を伸ばして、予定を訊ねた。

ライオネルも常と変わらず、淡々《たんたん》とそれに答える。

「そうだな。今日は午後から来客がある。しばらく館に滞在《たいざい》することになるから、客室の用意をしてくれ」

「かしこまりました」

こんな風景も祖父が引退すれば、見られなくなってしまうのだ。

紫里はぼんやりそんなことを考えながら、ふたりのやり取りを見守った。

「ところで、伯爵。お客様は男性でしょうか？　それとも女性でしょうか？」

来客の好みに合うように部屋を用意するのは、執事《しつじ》としては当たり前の仕事だ。

「若い女性だ」

「承知しました。それでは部屋に花など用意いたしましょう。それと厨房《ちゅうぼう》にもレシピを考えるように申し伝えておきます」

「頼《たの》んだぞ」

ライオネルはそう締《し》めくくって、紅茶のカップをサイドテーブルに戻《もど》した。

すくっと立ち上がったライオネルはすでにダークスーツを着ている。

鍛《きた》え上げた長身にぴったりと合う上質のスーツだ。真っ白なシャツにライトグレーのネクタイを締めた姿は本当に見応《みごた》えがある。

だが、紫里はふと違和感《いわかん》を覚えた。ライオネルの雰囲気《ふんいき》がどことなくいつもと違う。

じっと観察して、紫里はその原因を発見した。

ライオネルには、伝統を守りながらも、常に新しいものを取り入れていくという柔軟《じゅうなん》な部分がある。服装にも好みがよく表れて、硬《かた》すぎる着こなしは避《さ》けているところがあった。

それなのに、今朝のライオネルはどこから見ても、非の打ち所がない。しっかりトラディショナルの枠内《わくない》に収まっているのだ。

かっこいいけれど、ライオネルらしくない。紫里が得た印象はそんな感じだった。

「ユカリ、今日はついてこなくていい。ササキを手伝ってやればいい。客が来るといっても、そう張り切ることはない。ササキは帰国準備もあるだろう。あまり張り切りすぎないように、おまえが見張ってろ」

「かしこまりました、ライオネル様。お気遣《きづか》い、ありがとうございます」

紫里は淡《あわ》い笑《え》みを浮《う》かべて礼を言った。

ライオネルはすでに、部屋から出ようと歩きだしている。祖父がタイミングを計るようにその背中に声をかけた。

「伯爵、お出かけ先は、どちらになりましょうか？」

「ああ、俺はクリスティンを迎《むか》えに行ってくる。車は自分で運転するからいいぞ」

「かしこまりました」

祖父はそう返しながら、ライオネルのあとに続く。

だが、紫里は大きな動揺《どうよう》で、その場から一歩も動くことができなかった。

クリスティン……あの女性だ。

パーティーの時に会った、ブロンドの美人。ライオネルとは特別に親しそうだった女性……。

胸の奥がずきりと痛くなる。

ライオネルほどの男になれば、女性からもてるのは当たり前。

いちいち気にしていたら、身が保たない。

紫里は、強くかぶりを振《ふ》って、湧《わ》き上がる不安を押しのけた。


ライオネルが男爵令嬢《だんしやくれいじよう》、クリスティン・パウエルを館まで連れ帰ったのは夕刻だった。

「ようこそ、レディ・パウエル」

「いらっしゃいませ、レディ・パウエル」

玄関《げんかん》ホールまで迎えに出た紫里は、祖父の横でぎこちなく頭を下げた。

クリスティンがとおりすぎたあとで、顔を上げると、ライオネルの手がしっかり彼女の腰《こし》を支えているのが目につく。

一分の隙《すき》もなくダークスーツを着こなしたライオネルと、黒のシックなワンピースを着たクリスティンは誰《だれ》から見ても似合いのカップルだ。

胸の奥からどろどろとしたものが溢《あふ》れてくるようで、紫里はぎりっと奥歯を嚙《か》みしめた。

落ち着け。ここに泊《と》まるからと言って、彼女がライオネルの恋人《こいびと》とは限らない。

そう自分自身を宥《なだ》めながら、紫里はふたりのあとに続いた。

「紫里、これからはおまえが中心となって、この館を守っていかなければならない。今日は今までおまえに教えたことを思いだし、レディ・パウエルのお世話をしてみろ」

「お祖父《じい》ちゃん！」

紫里は悲痛な声を出した。

できない！

そう叫《さけ》んでしまいたかったが、ぐっと堪《こら》えて、笑みをつくる。

弱い自分をさらけだし、祖父の期待を裏切りたくはない。

「何かあれば、私に言えばいい。頑張《がんば》れよ、紫里」

紫里はこくりと頷《うなず》いて、祖父の先へと足を踏《ふ》みだした。

部屋への案内はライオネル自身が引き受けているが、クリスティンが落ち着いたあとは、色々と世話をやかなければならない。

「この部屋を使ってくれ、クリスティン」

「まあ、なんて素敵《すてき》なお部屋なの！」

クリスティンは客室に入ったとたん、華《はな》やいだ歓声《かんせい》を上げた。

その彼女の腕は、ごく自然にライオネルの腕に絡《から》みついている。

「何かお飲み物をお持ちいたします。お食事の開始は七時を予定しておりますが、何がよろしいでしょうか？」

紫里は自らの心に鞭打《むちう》って、執事の仕事に徹《てっ》した。

クリスティンはライオネルのエスコートで、部屋の中央にあるカウチに腰を下ろし、艶《あで》やかな笑みを浮かべる。

「お食事まで時間があるなら、今はお茶がいいわ」

「茶葉のお好みはございますか？」

「いいえ、お任せするわ」

「かしこまりました。それでは、当オーランド伯爵家《はくしゃくけ》に昔から伝わっておりますブレンドティーをお持ちいたします」

紫里は祖父に習ったとおりに言い終えて、丁寧《ていねい》に腰を折った。

ちらりとライオネルの方を窺《うかが》うと、青灰色の目はクリスティンに釘付《くぎづ》けになっているようだ。

紫里の胸はまたずきりと痛みを訴《うった》える。

こんなことではいけないと、再び気を取り直して、祖父の待つ廊下《ろうか》に向かった。

「お客様はブレンドティーを希望されました」

「そうか、ならさっそく厨房に知らせよう」

紫里の報告を受けた祖父はきびきびと廊下を歩いていく。

これが執事の仕事としては最後のものと思い、張り切っているのだろう。


オーランド家のダイニングにシャンデリアの灯が点《とも》ったのは、五年ぶりとのことだった。

先代伯爵が存命の頃《ころ》の話で、ライオネルの代になってからは一度もこのダイニングを使ったことがないという。

深い海を思わせるブルーのカーペットが床《ゆか》一面に敷《し》きつめられた中に、どっしりとした巨大《きょだい》なテーブルが据《す》えられている。テーブルクロスは白。銀製の花瓶《かびん》に活《い》けた黄色の花々がアクセントとなっている。ずらりと並べたグラスやカトラリーも眩《まばゆ》い光を反射させていた。

祖父はディナーを円滑《えんかつ》に進めていくのも執事《しつじ》の大切な仕事だという。紫里はその祖父と壁際《かべぎわ》に直立不動で立ち、ライオネルとクリスティンが食事を進めていくのを見守っていた。

食前酒のグラスが空きそうな頃合《ころあ》いを見て、祖父がすかさずシャンパンのボトルを開ける。

黒のフロックコートを着た祖父は、有名レストランのソムリエ顔負けの優雅《ゆうが》な手つきで、淡いピンク色をしたシャンパンを繊細《せんさい》なフルートグラスに注いだ。

前菜の皿には、きれいに盛りつけられた冷菜が何種類も載《の》っている。

「そうだわ、ライオネル。私たち乾杯《かんぱい》しなくちゃ」

シャンパンのグラスを手にしたクリスティンがそんなことを言い、ライオネルもグラスを上げて応じる。

「じゃ、私たちの記念すべき婚約《こんやく》を祝って、乾杯！」

「乾杯」

カチリとグラスが合わされた瞬間《しゅんかん》、ようやく言葉の意味が頭に入ってくる。

婚約……？

私たちの婚約……？

ああ、そうか。ライオネルとクリスティンが婚約したんだ。

そうか……このディナーはそれを祝うためのものだったのだ。

鼻の奥がつんとなって、かすかな痛みを感じた。目の奥もひりひりと痛みを訴える。喉《のど》の奥にできた熱い固まりは難物で、なかなかのみこめなかった。

現実が受け入れられず、涙《なみだ》が出てこないのは幸いだった。

しかし、それも限界が近づいている。

大事なディナーの席で、みっともなく倒《たお》れるような真似《まね》だけはしたくない。

紫里はそろりそろりとダイニングの出口に向かった。途中《とちゅう》で祖父が訝《いぶか》しげな視線を投げてきたが、曖昧《あいまい》な笑《え》みでごまかす。

紫里は廊下に出ると、一目散に半地下にある自分の部屋を目指した。

ドアを開け、灯《あか》りも点《つ》けずにそのままベッドの上に突《つ》っ伏《ぷ》す。

涙は相変わらず出てこなかったが、身体《からだ》から力という力が全部抜《ぬ》けてしまったかのように動けなかった。

夜が更《ふ》けた頃に、祖父が心配して様子を見にきた。

「どうした紫里？　具合でも悪くしたのか？」

やわらかな声音《こわね》はいつもと変わらない。心配そうな顔でベッドのそばまで来た祖父に、紫里は急に無責任な自分が恥《は》ずかしくなった。

「ごめん、お祖父《じい》ちゃん」

紫里はそう謝りながら、力の抜けた身体を起こした。

情けなさで唇《くちびる》を噛《か》みしめている間に、祖父がゆっくりベッドの端《はし》に腰を下ろす。

「紫里、この前は頑張ってみてくれと言ったが、おまえがつらくてどうしようもないなら……

私と一緒《いっしょ》に帰るという選択肢《せんたくし》もあるぞ？　無理をすることはない」

「お祖父ちゃん……」

大人になって少しは甘えからも卒業できたと思っていた。でも、こんなでは子供の頃と少しも変わらない。

それに祖父は、紫里とライオネルとの関係に、薄々《うすうす》気づいているのかもしれない。

だから前言を翻《ひるがえ》し、帰国という選択肢もあると……。

ライオネルのそばを離《はな》れたくない。

その一念で今までやってきた。祖父の期待にも応《こた》えたかった。

でも、ライオネルが結婚《けっこん》するなら、あのクリスティンが伯爵夫人として、この館《やかた》で一緒に住むことになる。

多くを望まずに、ライオネルを眺《なが》めているだけで満足する。

どうしても離れたくなければ、それが一番いい道なのだろう。

でも、本当にそれだけで満足できるだろうか？

もうひとつ、ライオネルに抱《だ》かれてしまった紫里は、この先きっぱり関係を絶つとしても、クリスティンに対してずっと罪の意識を持ち続けることになるだろう。

陰《かげ》でライオネルを思うことすらも、きっと罪になるのだ。

この熱い思いは一生変わるはずもない。

だから、思いを向けることさえ禁じられるなら、もうこれ以上は無理だった。

「紫里、とにかく今日はゆっくりお休み……明日になればまた新しい考えも浮《う》かんでくる」

「ライオネル様は、もうお休みになったかな？」

「先ほどまでレディ・パウエルとご一緒だったが、少し前に自室に引き揚《あ》げられた」

「それなら、ライオネル様と話してくる」

紫里はそう言って、ベッドから立ち上がった。

「紫里？」

「大丈夫《だいじょうぶ》。きちんと話しておきたいだけだ。これからどうするかは、明日の朝、報告する」

祖父は、わかったというように、ゆっくり頷いた。

慈愛《じあい》のこもった眼差《まなざ》しで見つめられると、少しは力も湧《わ》いてくる。


紫里は軽く身なりを整えてライオネルの部屋に向かった。

最後にもう一度だけ、きちんと確かめたい。そして、ライオネルが本当に結婚するなら、ここから去るつもりだった。

夜、遅《おそ》い時間になると、館の中はしんと静まりかえる。廊下の灯りも絞《しぼ》られているため、暗がりもたくさんあった。古い館だけに、今にもその暗闇《くらやみ》から何かが飛びだしてくるのではないかと、背中がぞくりとなることも多かった。

ライオネルの使う主寝室《しゅしんしつ》は館の二階、中央部にある。前まで来た紫里は、ふうっとひとつ息をついて、コツコツとドアをノックした。

「入れ」

装飾《そうしょく》を施《ほどこ》した分厚い木のドアの向こうからライオネルの声がして、紫里はノブをまわした。

「紫里です」

断りを入れて中に入ると、ライオネルはまだスーツのままで窓際《まどぎわ》の椅子《いす》に腰《こし》かけていた。

室内の灯りは落とされている。その代わりにカーテンが開けられ、バルコニーに通じるガラス戸から青白い月明かりが射《さ》していた。

ゆったり座るライオネルの姿が、その光の中に浮かび上がっている。

紫里は吸いよせられるように、ライオネルへと近づいていった。

「今夜はいい月だ。おまえもこっちに来て眺めてみろ」

おそらくライオネルは、紫里が何を言いにきたか察しているはずだ。それなのに、こんなのんびりとした台詞《せりふ》を口にする。

いつも自分の気持ちだけが空回りを続けているようで、寂《さび》しさを感じる。

紫里は決意が鈍《にぶ》らないうちにと、真っ直《す》ぐライオネルを見つめた。

「ライオネル様、教えてください。先ほどディナーの席でレディ・パウエルと婚約されたと言っておられましたが、本当ですか？」

ライオネルは不意に真剣《しんけん》な顔になって見つめ返してくる。

「……本当だ……」

ゆっくり口にされた言葉が耳に達する。

紫里はぎゅっと爪《つめ》が食いこむ勢いで両手を握《にぎ》りしめた。

次に言うべき言葉を口にするには、最大限の努力がいる。

「……おめでとうございます」

言い終えた紫里は、強《こわ》ばる頬《ほお》を無理やりゆるめた。涙だけは絶対にこぼさない。

「ユカリ……」

囁《ささや》くように呼ばれた名前に、胸が震《ふる》える。

今になってそんな優《やさ》しい声を出さないでほしい。

ライオネルはほかにも何か言いたいことがあるように、かすかに眉《まゆ》をよせている。

けれど、紫里が望む言葉など、いつまで経《た》っても出てくるはずがないのだ。

紫里はふっと息をつき、微笑《びしょう》を張りつかせたままでライオネルを見つめた。

子供の頃《ころ》から憧《あこが》れ続けたハンサムな顔……すっととおった鼻筋に形のいい眉、青灰色の双眸《そうぼう》も官能的とさえ思える唇《くちびる》も、何ひとつ忘れないように刻みつけておきたい。

「ずっと悩《なや》んでいましたが、決心がつきました。私も祖父と一緒に帰国します」

一気に言ってのけると、ライオネルが小さく息をのむ。

「ユカリ! 本当にそう決めたのか?」

ライオネルの声には何故《なぜ》か、切迫《せっぱく》した調子がある。

けれど、それも自分の方に未練があるから、そう感じるだけなのだろう。

「好きにしていいとおっしゃいました」

「確かにそうは言ったが、おまえは今まで少しも帰る素振《そぶ》りを見せなかった。それに、ササキと一緒に帰国するなど、急すぎるのではないか?」

「後任のことでしたら、祖父に手配してもらうよう頼みます。会社関係のことでは、今まであまりお役に立てたことがないので、私がいなくなってもご不自由はないでしょう」

「そんなことはどうでもいい!」

ライオネルは苛立《いらだ》たしげに紫里の言葉を遮《さえぎ》った。

紫里が黙《だま》りこむと、ライオネルはさらに怒《いか》りに駆《か》られたように手をつかんでくる。

思わず呻《うめ》き声を上げてしまいそうなほどの力を込められて、紫里は当惑《とうわく》した。

ライオネルの反応は、紫里を引き留めたがっているようにも思える。

そんなはず、あるわけがないのに……。

「手を放してください。痛いです」

「ユカリ、おまえは」

ライオネルはそこまで言って、唐突《とうとつ》に紫里の手を引いた。

突然《とつぜん》のことでバランスを崩《くず》すと、さっと椅子から立ったライオネルに抱《だ》きしめられた。

次の瞬間《しゅんかん》、嚙《か》みつくように口づけられる。

「ん、ぅっ……ぅ、んっ」

紫里は必死にもがいた。

今になってこんなふうにキスするのはひどすぎる。

けれど、どんなに身をよじっても、ライオネルの腕《うで》の力はゆるまなかった。

頭をそらすと、逆に顎《あご》をつかまれて、さらに深いキスを奪《うば》われる。

「んぅ……んっ」

喘《あえ》いだ隙《すき》に、舌まで滑《すべ》りこまされて、口中をくまなく蹂躙《じゅうりん》される。

歯列の裏を舐《な》めまわされて、ねっとり舌を絡《から》められ、果てはすべてを奪い尽《つ》くすようにその舌を吸い上げられる。

あまりにも激しいキスに頭が朦朧《もうろう》となりそうだった。

けれど紫里は最後まで懸命《けんめい》にもがいて、ライオネルを拒《こば》んだ。

「……っ、……ぅくっ……」

唇が離《はな》された時にはまともに息もできないくらいになっていた。

ライオネルの腕はまだ離れずに、再び抱きしめられる。

「……は、なして……っ」

紫里は涙《なみだ》の滲《にじ》む目できつくライオネルをにらんだ。

クリスティンという婚約者《こんやく》がありながら、自分にこんな真似《まね》をするライオネルに怒りが湧く。

だが、その怒りを上まわっていたのは悲しみだった。

「おまえはまだ辞《や》めたわけではない。仕事は夜の世話も含《ふく》むというのが条件だったはずだ」

淡々《たんたん》と指摘《してき》され、紫里は口づけられたばかりの唇を噛みしめた。

何を言われようと、もうこの関係は終わりにするしかない。

「もう、その条件は満たせません。ですから今すぐ私を解雇《かいこ》してください」

紫里は悲しみで胸を震わせながら訴《うった》えた。

月明かりに照らされた顔は精緻《せいち》に刻まれた彫像《ちょうぞう》のようで、ライオネルの感情までは読み取れない。

「そうか……おまえの好きにすればいい」

ライオネルは長い沈黙《ちんもく》のあとで、囁くように答えた。

これ以上、この場に留まっていると、またライオネルの前で泣いてしまう。

紫里は最後の意地を張るように、頭を下げ、静かにきびすを返した。

10

オーランド家の館《やかた》で知り合った人々に慌《あわ》ただしく別れを告げ、紫里は祖父とともに日本に帰ってきた。

それから一ヶ月。紫里はただ漫然《まんぜん》と日々を過ごしていた。

両親はもともと紫里を手元に置いておきたがっていたので、帰国を喜んだ。

祖父は紫里と両親が住む家を拠点《きょてん》とし、懐《なつ》かしい祖国を見てまわるのだと、しょっちゅう旅行に出かけている。

紫里はまだ次の職を探す気にもなれず、母に頼《たの》まれた時に、バイトでマネージャーの助手を務めている程度だ。

紫里の父は、光学機器を扱《あつか》う会社を経営しており、家は近所でも群を抜《ぬ》く大きさだった。敷《しき》地《ち》も広く、母は暇《ひま》をみてガーデニングなどを楽しんでいるが、それもオーランドの城館を思いだせば、ささやかなものだ。

「紫里、ねえ、事務所の社長も、例の監督《かんとく》もうるさく言ってるんだけど、あなた、まったくその気にならないの？」

紫里が自室からリビングに行くと、コーヒーを飲んでいた母の芽依が訊《たず》ねてくる。

母について撮影《さつえい》現場に顔を出すうち、紫里は次の映画に出てみる気はないかと誘《さそ》われたのだ。

昔、ひ弱で醜《みにく》かった頃には、誰《だれ》も見向きもしなかった。なのに、美しく変貌《へんぼう》を遂《と》げた紫里は、大女優、佐々木芽依の名前とも相まって、魅力《みりょく》のある素材に見えるのだろう。

「悪いけど、映画には興味ない」

紫里は笑《え》みを浮《う》かべつつも、そっけなく断った。

「そうよね。あなた、昔からあの世界にはまったく興味を示さなかったもの」

マニッシュな白のシャツに細身のパンツというスタイルの母は、テーブルに両肘《りょうひじ》を突いて、仕方なさそうにため息を漏《も》らす。

「ぼくもコーヒーもらう」

紫里はそう断って、コーヒーサーバーから自分の分をマグカップに注いだ。

テーブルに戻《もど》ってそのコーヒーを飲んでいると、母が再び話しかけてくる。

「紫里、あなたがこれから何をしようと、干渉《かんしょう》する気はないけど、お父さんが自分の会社で働く気はないかって言ってたわよ？」

「お父さんの会社で？」

「そう。あの人、あなたにはまだちょっと遠慮《えんりょ》しているところがあるでしょ？　あれで案外気が小さいから、自分ではなかなか言いだせないのよ。考えてあげたらどう？」

母はそう言って、ころころと笑い始める。

紫里も大柄《おおがら》で人のよさそうな父の顔を思いだし、くすりと忍《しの》び笑いを漏らした。

目標を失ったばかりで、まだ新しいことを考える気にはなれない。でも、父の会社で働くというのは、悪くないかもしれない。

今頃《いまごろ》、ライオネルはどうしているだろうか。

ふと脳裏《のうり》を掠《かす》めた面影《おもかげ》に、紫里は内心でため息をついた。

この家で暮らしている間、ライオネルのことばかり考えていた。それがまだ癖《くせ》になっているのだ。

「あら、この記事……これって、あなたとお祖父《じい》さんがいたところの伯爵《はくしゃく》様よね？　まあ、婚《こん》約破棄《やくはき》ですって」

「！」

何気なく呟《つぶや》いた母の言葉で、心臓がどくりと跳《は》ね上がる。

ふと気づくと母は小型の英字新聞を両手で広げて読んでいた。

紫里がライオネルのことを知りたいがために、ずっと取りよせていたイギリスの新聞だ。

「母さん、今、婚約破棄って言った？　それ、見せて」

紫里はガタンと音を立てて席を立ち、母から無理やり新聞を取り上げた。

政治経済ではなく、有名人の情報や娯楽《ごらく》などを中心にしたタブロイド紙だ。その一面にでかでかと載《の》っているのは、間違《まちが》いなくライオネルとクリスティンの写真だった。

紫里は貪《むさぼ》るように記事を読んだ。

――先日、突然《とつぜん》婚約発表をした、美男美女の大物カップルが短期間で破局を迎《むか》える。理由は不明。婚約破棄の原因については、伯爵も男爵令嬢《だんしやくれいじよう》も堅《かた》く口を閉《と》ざしている。

紫里の心臓は狂《くる》ったように高鳴り始めた。

ライオネルが婚約を破棄《はき》した！

ライオネルは、あの人と結婚《けつこん》しない！

どっと胸に喜びが溢《あふ》れてくる。

だが、最初の衝撃《しようげき》が過ぎると、紫里の気持ちは再び沈《しず》みこんだ。

クリスティンと結婚しないからといっても、ライオネルの気持ちが自分の方に向くわけじゃない。

紫里の立場は何も変わらない……。

婚約破棄のニュースで浮かれた自分が馬鹿《ばか》のように思えてくる。

紫里は両手でぎゅっとタブロイド紙を握《にぎ》りしめた。

紙面が多少歪《ゆが》んでも、写っているライオネルは相変わらずの男ぶりだ。貴族としてはまったくの型破り。やることもワイルドで、自分を抱《だ》く時はあんなにも情熱的だった……。

紫里はゆるくかぶりを振《ふ》った。

もう思いださない方がいい。

あれはもう終わったこと。

紫里が長年見続けてきた夢は、もう終わりになったのだ。

「あら、ねえ、誰かお客様みたい。悪いけど玄関《げんかん》まで出てみてくれない？　モニターとインターフォンの調子が悪くて作動しないの」

母に声をかけられて、紫里ははっと我に返った。

「うん、わかった」

そう答えてテーブルに新聞を置き、急いで玄関に向かう。

普通《ふつう》ならいきなりドアを開けるようなことはしないが、モニターの故障なら仕方がない。

宅配か何かだろうと、サンダルを引っかけた紫里は気軽にドアを開けた。

「あっ！」

その瞬間《しゅんかん》、紫里は息をのんだ。

でも、本当のはずがない。きっと夢でも見ているのだ。あんな新聞を読んだばかりだから、これはきっと白昼夢……。

立っていたのは長身の外国人だった。ダークスーツを着て、ネクタイをちょっとゆるめに締《し》め、ダークブロンドの髪《かみ》と青灰色の瞳《ひとみ》を持つ、ハンサムな男……。

「ユカリ」

鼓膜《こまく》をくすぐるような甘い声で名前を呼ばれ、紫里はふいに泣きたくなった。

「ライオネル……様……どうしてここへ？」

呆然《ぼうぜん》と訊《たず》ね返すのが精一杯《せいいっぱい》だった紫里を、ライオネルは真剣《しんけん》な眼差《まなざ》しで見つめてきた。

「元気そうだな」

ライオネルの視線が上から下へと流れ、紫里は急に恥《は》ずかしさに襲《おそ》われた。

家の中だからと、ベージュのコットンパンツに、スタンドカラーのチュニックタイプのシャツを被《かぶ》っただけ。足は裸足《はだし》で髪もくしゃくしゃのままだ。

「あの……祖父は今旅行中で」

「おまえに頼みがあって来た」

「頼み……？」

紫里は上の空で訊《き》き返した。

久しぶりにライオネルの顔を見たせいで、パニックを起こしそうだった。格好はともかく、もっとましな応対の仕方があるだろうに、何も考えられなかった。

「外に出られないか？　時間があれば、だが」

ライオネルにしてはずいぶん控《ひか》えめな言い方だ。

紫里はそこでようやく自分を取り戻した。

「少し待っていただけますか？　着替《きが》えてきます」

「わかった」

「中へどうぞ」

「いや、俺は外で待っている。この家に入れてもらえる資格があるかどうか、怪《あや》しいからな」

謎《なぞ》めいた言葉に紫里は首を傾《かし》げたが、ライオネルをあまり待たせるのも悪い。それで急いで自室に向かう。

紫里はクローゼットからダークスーツを取りだして、手早く着替えた。手櫛《てぐし》でさっと髪を整えて、携帯《けいたい》と財布《さいふ》を入れた小型のバッグを取り上げる。

「母さん、ちょっと出てくる」

リビングの母にそう声をかけ、紫里は急いで玄関から飛びだした。

ライオネルは門の外で待っていた。横には黒塗《くろぬ》りのリムジンも待機している。

「乗れ、ユカリ」

「わかりました」

紫里は素直《すなお》に応じてリムジンの後部席に収まった。

隣《となり》に乗りこんできたライオネルが、運転手に投宿先のホテルの名を告げる。

そしてリムジンは滑《すべ》るように走りだした。

車中、ライオネルはほとんど口をきかなかった。紫里の方ももちろん何も訊けるはずもなく、ただ緊張《きんちょう》していただけだ。

紫里がなんとか平静を保っていられたのは、ライオネルが婚約破棄をしたという記事を見ていたからだ。

リムジンがホテルに到着《とうちゃく》し、紫里はライオネルに連れられて、スイートルームに入った。

さすがにイギリスのホテルとは違《ちが》って重厚《じゅうこう》さには欠けるものの、インテリアはあっさりとした感じでまとめられ、居心地《いごこち》のよさそうなスペースになっている。

ドアが閉まったと同時、紫里はライオネルと真っ正面から向かい合った。

「ユカリ、一つ頼《たの》みがあるのだが」

「なんでしょうか？」

紫里は小さく首を傾げた。

家で会った時にも言われた問いだが、見当がつかない。

「仕事で三日間ほどこのホテルに滞在《たいざい》することになった。補佐《ほさ》役が必要なのだが、おまえに引き受けてもらいたい」

「えっ」

思いがけない要望に、紫里は呆然となった。

普段《ふだん》のライオネルはなんでも自分でこなし、補佐役など必要としないからだ。

が、紫里はそこでふと思い当たった。

「日本語に堪能《たんのう》な者が必要ということでしょうか？」

「いや、それもあるが……」

ライオネルは何故《なぜ》か言いにくそうに口ごもる。

普段は堂々としている人なのに、どこか自信がなさそうにも見え、紫里は怪訝《けげん》な気持ちになった。

だがライオネルは、迷いを捨てるようにじっと紫里を見据《みす》えてくる。

「散々迷った。だが、もうそれも終わりだ。ユカリ、おまえじゃなければできないことだ。俺のそばにいてくれ」

「ライオネル……様？」

「おまえさえいいのなら、俺のところに戻《もど》ってきてほしいと言っている。いや、頼んでいるのだ」

言い直したライオネルに、紫里はさらに混乱するだけだった。

ライオネルは日本にいる間だけではなく、イギリスでも一緒《いっしょ》に、つまりオーランドの城館に戻ってこいと言っているのだろうか？

でも、今まで散々自分勝手な夢ばかり見てきた。だから期待などしない方がいいのだ。

だが、紫里はその疑問に答えてもらうより先に、しっかり抱《だ》きしめられてしまった。

温もりの中に収まってしまえば、もう自分から離《はな》れることなどできなかった。

会いたかったのだ。会いたくて、会いたくてたまらなかった。

もう二度とそれが叶《かな》わないはずだったのに、こうして抱きしめてもらえるなんて、信じられない。

「ユカリ、俺は自信がなかった。おまえをそばに置けば、また傷つけてしまうのではないか、また守ってやれないのではないかと……だから、ずっとおまえを遠ざけることしか考えていなかった。すべて大失敗だったが」

紫里を抱きしめたままで、ライオネルが自嘲《じちょう》気味に言う。

狂《くる》おしさの感じられる言葉の端々《はしばし》で、紫里の胸には小さな希望が灯《とも》った。

「ライオネル様……？」

「ユカリ、俺はおまえを愛している」

「……嘘《うそ》だ……っ」

紫里は激しく首を振《ふ》った。

一番望んでいた言葉だ。でも、今になってそれを言ってもらえたこと自体が信じられない。

「おまえが信じられないのも無理はない。ずっとひどいことばかり言ってきたからな。しかし、信じてくれ。おまえを愛している」

紫里はライオネルの広い胸に顔を伏《ふ》せた。ぎゅっとライオネルのスーツを握《にぎ》りしめる。

ライオネルは紫里を抱《だ》く腕《うで》にますます力を込めてきた。

「最初は小さなおまえが可愛《かわい》いと思っただけだ。俺はひとりっ子で出生には問題もあったから、弟のように思えた。だが、おまえが湖で溺《おぼ》れさせられたと知って、俺にはおまえをそばに置く資格がないと思った」

「どうしてですか？」

「前にも言ったかもしれないが、一族の者たちは、俺を排除《はいじょ》しようと画策中だった。親連中がそういう態度だから、子供たちも俺を軽く見始める。俺がおまえを可愛がっていたから、おまえは狙《ねら》われたんだ」

「でも、ライオネル様がぼくを助けてくれた……そうですよね？」

紫里が囁《ささや》くように言うと、ライオネルはほっと息をつく。

「あの時はこっちが死ぬかと思ったくらいだ。おまえは熱まで出してなかなか意識が戻らなかったし、ずいぶん心配した」

しみじみとした調子で言われ、紫里はふと昔見た夢を思いだした。

熱が高かった間、そばで看病してくれたのは、やっぱりライオネルだったのだ。

「ずっとぼくの手を握っていてくださったんですよね？」

「覚えているのか？」

「いいえ、あれはずっと夢だと思ってた」

紫里は伏せていた顔を上げ、じっとライオネルを見つめた。

やわらかく微笑《ほほえ》むと、ライオネルの整った顔にも極上《ごくじょう》の笑《え》みが浮《う》かぶ。

「あれ以来、俺はおまえをそばに置くのが怖《こわ》くなった。おまえをそばに置けば、またおまえが傷つく。そう思って近づくのをやめたのだ。おまえは無邪気《むじゃき》に俺を慕《した》ってくれていたのに、ずいぶん邪険《じゃけん》にした。あれで俺にはすっかり愛想《あいそ》を尽《つ》かしたものと思っていたのだが……」

「愛想を尽かすなんて、そんなのあり得ない。ぼくはずっと臆病《おくびょう》な子供で、まわりもぼくを気《き》遣《づか》っていつもぴりぴり神経を尖《とが》らせてました。普通《ふつう》の子供として真正面から向き合ってくれたのは、ライオネル様が初めてだった。だから、ずっとライオネル様に憧《あこが》れて……もちろん、冷たくされた時は悲しかったけれど、それでも諦《あきら》める気にはなれなかった」

「そうだったな」

囁いたライオネルは昔を懐《なつ》かしむように目を細める。

紫里の脳裏《のうり》にも、子供時代の眩《まぶ》しい光景がよぎった。

ずっとすれ違っていたふたつの思いが混じり合い、溶《と》けていく。過去のどんな時も、思いの根元は同じだったとわかって、この上ない喜びを感じる。

「焦《あせ》ったのはおまえが帰国する時だった。父と喧嘩《けんか》して俺は頭に血が上っていた。そこにおまえが無邪気に顔を出した……その上、俺は子供だったおまえに思わぬ欲望《よくぼう》を覚えて、危《あや》うく犯罪者になるところだった」

「えっ」

「おまえにキスまでして。覚えてるか？」

紫里はこくりと頷《うなず》いた。

するとライオネルは思わずといった感じで苦笑《くしょう》する。

「本当はあの時、おまえを抱きたくてたまらなかった。よくぞ、直前で思い留まったものだと、今さらながら思う」

思わぬことを聞かされて、紫里は真っ赤になった。

確かにあの時、生まれて初めてキスされたのだ。紫里の方は帰国のことで頭がいっぱいで、ライオネルがどう感じていたかなど、知るよしもなかった。

「あ、それじゃ、ぼくが戻ってきた時は？　エルムの木のそばでキスしたでしょう？」

「ああ、おまえがあんまりきれいになっていたので、驚《おどろ》いた。それと同時に困ったことになったと、頭が痛かった。なんとしてもおまえを追い払《はら》わないと、おまえに手を出してしまう。ずっと弟のように思ってきたのに、今さら犠牲《ぎせい》にはできない。それに男同士で愛し合うより、普通の恋愛《れんあい》をして幸せな結婚《けっこん》をする道の方が、おまえのためだとも思っていた」

「でも、見習いになりたいと言った時、あんな条件出したじゃないですか」

紫里がむっとしたように言うと、ライオネルはとたんに困った顔になる。

「あれもおまえがあまりにも魅力《みりょく》的だったからだ。ちょっと脅《おど》してやれば帰ると言うかと思えば、あっさり条件をのむし、あれほど焦《あせ》ったことはなかったぞ。おまけにおまえの色っぽさで途中《とちゅう》でやめられなくなるし」

「ひどい。ぼくは真剣《しんけん》に悩《なや》んでたのに！」

紫里は夢中でライオネルの胸を叩《たた》いた。

それからふと思いだして、一番気になっていたことを訊《たず》ねる。

「レディ・パウエルとの婚約《こんやく》、どうして破棄《はき》したんですか？」

「クリスティンは古い友人だ。彼女は妻子のある男を真剣に愛して悩んでいた。その男に踏《ふ》ん切りをつけさせるために、協力してくれと頼《たの》まれてひと芝居《しばい》打っただけだ」

「芝居？　あれ、芝居だったんですか？」

紫里は呆然《ぼうぜん》と呟《つぶや》いた。

何もかもが明らかになったのはいいけれど、身体中からすとんと力が抜《ぬ》けてしまう。

ライオネルはそんな紫里をしっかり抱《かか》えて、耳元に熱い囁きを落としてきた。

「さあ、ユカリ、もう言い訳はいいだろう？　おまえを抱かせてくれ」

「あっ」

思わず息をのんだとたん、噛《か》みつくように口づけられる。

「んんっ、ふ……んっ」

最初から淫《みだ》らに舌を絡《から》め合う濃厚《のうこう》なキスだった。

いっぺんに身体中が燃え上がり、膝《ひざ》もがくがくして立っていられなくなる。

「あ……っ」

唇《くちびる》が離れたあと、もつれ合うようにベッドまで行き、紫里はすぐさま押し倒《たお》された。

「ずいぶん長い間、おまえを抱いていない。駄目《だめ》だと言っても、最後まで抱くぞ」

食い入るように見つめながら、不遜《ふそん》な言葉を吐《は》く男に、紫里はうっすらと頬《ほお》を染めた。

「ライオネル……様」

「ライオネルでいい」

「ぼくも……抱いてほしか……ああっ」

最後まで言い終えないうちにライオネルの手が動いて上着を脱《ぬ》がされる。スラックスを引き下ろされたあとは、引き裂《さ》くようにシャツも剝《は》ぎ取られた。

ライオネルはあらわになった素肌《すはだ》に次々とキスの雨を降らせてくる。

「あ、ああっ……くっ」

どこに触《ふ》れられても、びくびくと感じた。

最後の下着を取り去られ、生まれたままの姿になった時は、恥《は》ずかしいことに下肢《かし》をしっかりと張りつめさせていた。

カーテンは開け放されている。午後の明るい光の中ですべてをさらされて、感じているのも隠《かく》しようがなかった。

でも、恥ずかしさが募《つの》れば募るほど、よけいに身体《からだ》が昂《たか》ぶっていく。はしたなく勃《た》ち上がり、ふるりと震《ふる》えているものまで、しっかりライオネルに見られているのだ。

「俺を煽《あお》ったのはおまえだ。後悔《こうかい》しても遅《おそ》いぞ、ユカリ」

「そんな……っ」

紫里は息をのんだが、ライオネルはそう言っている間にも自らの着衣を次々と脱ぎ捨てていく。

現れたのは、細身の紫里とは比べものにもならない逞《たくま》しい裸体《らたい》だ。あまりにも完璧《かんぺき》な男らしさに、下から見つめていた紫里は思わず感嘆《かんたん》の吐息《といき》を漏《も》らした。

「ユカリ」

熱っぽく名前を呼ばれ、ぞくりと身体が震える。

「好き……ライオネル」

澄《す》んだ双眸《そうぼう》を見つめながらそっと囁くと、すっと大きな胸に抱きよせられた。

素肌が密着し、ライオネルの力強い鼓動《こどう》までが感じ取れる。

こうして抱《だ》き合っているだけでも、蕩《とろ》けるような幸せに満たされた。

「俺もだ、ユカリ。おまえほど愛《いと》しいと思った者はほかにはいない。おまえが帰国すると言った時も、本当は帰したくなかった。あのまま館《やかた》の中に閉《と》じこめておこうかと真剣に考えたほどだ」

「ライオネル……」

別れを告げに行った時、どんなにつらかったか。

今も思いだしただけで、胸がせつなくなる。

けれどライオネルは紫里の気持ちを察したように、優《やさ》しく頭を撫《な》でてくる。子供の時もよくこうやって宥《なだ》められた。

「クリスティンは極端《きょくたん》に警戒《けいかい》していた。絶対に誰《だれ》にも計画のことを知られたくないと望んでいた。だから、おまえにも打ち明けるわけにいかなかった。おまえにつらい思いをさせたのは、わかっていたが……すまん、許してくれ」

「もう、いいんです。あなたはレディ・パウエルの頼みを聞き入れ、彼女を助けてあげた。ぼくに謝ることなんか何もない。それに、今はこうして抱《だ》いてもらえるのだから、ぼくは幸せです」

「ユカリ」

ひときわ強く抱きしめられて、紫里はまたいちだんと幸せを噛みしめた。

ライオネルは貴族を嫌《きら》っているけれど、本当は誰よりも誇《ほこ》り高い貴族なのだろう。

いったん守ると決めた者のためには、最善を尽《つ》くし、どんな犠牲を払っても最後までやり遂《と》げる覚悟《かくご》がある。

そんな人はほかにいない。

紫里が微笑《ほほえ》みかけると、それを合図にしたように、ライオネルの指先がするりと頬を滑《すべ》り下りていく。

「んっ」

びくりと反応すると、ライオネルはにやりと笑いながら再び抱きしめてくる。

熱い素肌が密着した。

唇に軽く口づけを落とされて、それから敏感《びんかん》な耳朶《じだ》をそっと口中に含《ふく》まれる。

「んっ」

紫里が背筋を震わせると、ライオネルは耳に直接熱い息を吹《ふ》きかけるようにして囁《ささや》く。

「ユカリ、おまえは本当に可愛《かわい》い。離《はな》れていた間の分も、今日はとことん抱くぞ」

「そんな……ひど……んっ」

紫里の抗議《こうぎ》はあっさりライオネルの口にのみこまれてしまった。

淫らに熱い舌を絡められ、歯列の裏も丁寧《ていねい》に舐《な》めまわされる。根元から強く吸われた時には、もう口だけではなく身体中が痺《しび》れてしまう。

ライオネルは濃厚な口づけを続けながら、胸にも指先を滑らせてくる。

勃ち上がった乳首《ちくび》をきゅっと指でつままれて、紫里はびくりと背中をしならせた。

「んんっ、……ふっ、く……」

ライオネルはようやく口づけをほどき、そのまま首筋に舌を這《は》わせてくる。

耳の下の敏感な部分を舐められただけで、ぞくりと震えてしまう。

「あっ……ふ……っ」

敏感な肌《はだ》に舌を這わされるたびに、紫里は熱い吐息をこぼした。

ライオネルの唇は徐々《じょじょ》に下へ向かい、胸の粒《つぶ》を舐められる。

先端《せんたん》に吐息を感じただけで肌が粟立《あわだ》った。

きゅっと尖《とが》った場所に舌を這わされると、息が止まりそうなほどの快感に襲《おそ》われる。

そのうえライオネルは過敏《かびん》になった先端を口に含み、ちゅっと吸い上げてくる。

紫里はもうその刺激《しげき》だけで達してしまいそうになった。

「ああっ、やっ」

「相変わらずユカリの乳首は感じやすい……ここだけで達《い》けそうだな」

言葉と同時に、かりっと歯を立てられて、紫里は必死に首を振《ふ》った。

「やだっ、そんなこと、しないでっ」

叫《さけ》びながら、無意識に腰《こし》をよじると、ライオネルがふわりと笑う。

「乳首がいやなら、ほかの場所か?」

答えられるはずもなく、紫里はかっと頰を染めた。

けれど次の瞬間《しゅんかん》、ライオネル自身、我慢《がまん》がきかなくなったように、紫里に覆《おお》い被《かぶ》さってくる。

「ああっ……んっ！」

大きな手でつかまれたのは、熱く張りつめた中心だった。

「いっぱい濡《ぬ》らしているな」

「やっ」

ライオネルは紫里のはしたなさを思い知らせるように、溢《あふ》れた蜜《みつ》を指ですくい取る。

やわらかく揉《も》みしだかれると、身体中に快感が突《つ》き抜《ぬ》けていった。

怖《こわ》いほど感じてしまい、両腕《りょううで》でしっかりライオネルの首に縋《すが》りついた。

そのうちにライオネルの手が後ろへとまわっていく。

「ユカリ、舐めてやるから、うつ伏《ぶ》せになれ」

ひっそり囁かれた言葉に、紫里はひときわびくりとなった。

それでもライオネルの手で腰が持ち上げられて、四つん這《ば》いの体勢を取らされる。

恥ずかしい場所にライオネルの息を感じ、紫里は羽根枕《まくら》にぎゅっと顔を伏《ふ》せた。

何度かされた行為《こうい》だが、この恥ずかしい愛撫《あいぶ》だけは、いまだに慣れない。

窄《すぼ》まりに指を這わされただけで、ぶるりと身体を震わせた。

「んっ……ふ、っ」

思わず息を止めた瞬間、ぴちゃりと濡れた舌を押しつけられる。

ライオネルは丁寧に何度も舌を這わせた。

強《こわ》ばりが抜けた頃《ころ》には、その舌を中まで入れられる。

恥ずかしくて死んでしまいそうなのに、そこを舐められるのは気持ちがよかった。

舌での愛撫のあとは、指を入れられて、完全に蕩けてしまうまで掻《か》きまわされる。

「ああっ、も、もう、駄目《だめ》……っ」

「指だけじゃ足りなくなったか？」

「や、そんな……違《ちが》……んっ、ふ……っ」

ライオネルは降参を迫《せま》るように、一番敏感な場所ばかりを何度も抉《えぐ》ってくる。

蜜を溢れさせている中心にも手がまわされて、やわらかく擦《こす》られる。

「ユカリ、何が欲しい？」

耳に直接、甘い囁きが落とされて、紫里はぞくりと身体《からだ》中を震わせた。

もっともっとライオネルに近づきたかった。

熱く蕩けた場所をライオネルの逞《たくま》しいもので埋《う》め尽くしてほしい。

そして芯《しん》からひとつになって、熱く愛されたい。

「ライオネル……あ、もう、我慢……でき、ないっ。は、早く……れてっ」

切れ切れに訴《うった》えた瞬間、指が引き抜かれる。

早急《そうきゅう》に身体が表に返されて、上から逞しいライオネルが覆い被さってきた。

「ユカリ、愛している」

ライオネルは狂《くる》おしく告げて、紫里の腰を抱《かか》え直す。

大きく両足を開かされ、紫里は息をつく暇《ひま》もなく一気に貫《つらぬ》かれた。

「あっ……あああ……あ……」

ライオネルの灼熱《しゃくねつ》が最奥までねじこまれる。

「紫里……ずっと俺のものだ。愛している」

「あ……ライオネル……」

信じられないほど奥深くまで一つに繫《つな》がっていた。

しっかり抱きしめられて、身も心も完全に一つになる。

「もう、我慢がきかない。動くぞ」

ライオネルはいきなり激しく腰を使い始めた。

最奥まで届かせたものをぐいっと引き抜かれ、また勢いよくねじこまれる。

「あっ……ああっ……あっ」

突かれるたびに、ライオネルと繫がっている部分が灼《や》けつくように熱くなった。

紫里は無意識に、自分の方からも淫《みだ》らに腰を動かして、ライオネルを貪《むさぼ》った。

「ユカリ、もっとだ。もっと感じろ」

「あ、ふっ……ああっ、あっ……」

ライオネルの動きがますます激しくなる。

紫里は置いていかれまいと、懸命《けんめい》にライオネルにしがみついた。

「ユカリ、愛している。もう絶対に離さない」

「嬉《うれ》しい、ライオネル……愛してる……っ」

囁いたとたん、ひときわ強く抱《だ》きしめられる。

紫里はこれ以上ない幸せに包まれながら、そのまま高みへと上りつめた。

エピローグ

パーティー会場はざわめきに満ちていた。

ライオネルは日本の取引先の要望で急遽《きゅうきょ》このパーティーに出席することになり、紫里を伴《ともな》ってきたのだ。

会場は華《はな》やかな正装姿の人々で溢れている。中には外国人の姿も多く、ライオネルは知り合いの顔を見つけては、親しく会話を交《か》わしていた。

すっきりとテールコートを着こなしたライオネルは、会場中の誰《だれ》よりも気品に溢れ、紫里が長い間憧《あこが》れていた王子様そのものといった姿だ。

ディナージャケットに身を包んだ紫里は、一歩下がった位置から、飽《あ》くことなくそんなライオネルを見つめ続けた。

思いが通じ合い、紫里はなんの問題もなく仕事に復帰することとなった。

与《あた》えられた役目は執事《しつじ》でも、秘書でもない。単なるパートナーという呼び名だった。

けれど、これから色々なことを学び、公私ともにあらゆる面でライオネルをサポートしていければ、これほど嬉しいことはない。

ライオネルはそのうち、ひとりのイギリス人につかまった。

「久しぶりだな、ライオネル。東京で出くわすとは、おまえも仕事か？」

「ああ、俺だってたまには仕事をする」

旧知の間柄《あいだがら》らしく、ライオネルは砕《くだ》けた調子で、グラスを上げる。

長身の男はきれいなブロンドで、紫里でさえ、一瞬《いっしゅん》どきりとなったほど整った顔立ちをしていた。

そう、確か有名な人だ……。

紫里は素早く記憶を探った。

「ここで会ったのは偶然《ぐうぜん》にしても上出来だ。ちょうどおまえの助けが欲しかったところだ」

「天下の大公爵《こうしゃく》であるエドワード・モーリス・レミントンともあろう者が、俺の助けがいるだと？　ずいぶん珍《めずら》しいことを言うな」

「ああ、ちょっと手詰《てづ》まりになっている問題がある。実は……」

エドワードと呼ばれた男はそこで急に声を潜《ひそ》めた。そしてライオネルを促《うなが》して、人のいない方へと歩きだす。

内密の話でもあるのだろうと、紫里は邪魔《じゃま》にならない位置で、ライオネルを待つことにした。

その時、公爵の後ろにいた日本人の青年にふと目が留まる。

年齢《ねんれい》は紫里と同じぐらいだろう。上品なライトグレーのディナージャケットを着た青年は繊《せん》細《さい》な雰囲気《ふんいき》で、じっと先ほどの公爵の姿を目で追っている。

もしかしたら、彼も自分と同じなのかもしれない。

紫里は内心でふとそんな想像をして、かすかな笑《え》みを浮《う》かべた。

ライオネルは短時間で公爵との話を終えて、紫里の許《もと》まで戻《もど》ってきた。

「待たせたな。あれは昔からの友人だ。要注意人物の第一にリストアップしておいた方がいいぞ、ユカリ」

ライオネルがにこやかな笑みとともに耳打ちしてくる。

これからの紫里のために、さりげなく情報を提供してくれているのだ。

「わかりました。確かランドール・グループの総帥《そうすい》、でしたね？」

紫里が念を押すと、ライオネルは軽く頷《うなず》く。

そして、そのあと声を潜めて耳打ちしてきた。

「ユカリ、いい加減ここから抜《ぬ》けだそう。パーティーは飽きた。おまえとふたりきりの方がいい」

「ライオネル」

紫里は頬《ほお》を染めながら、愛《いと》しい人を見つめた。

これからはいつも一緒《いっしょ》にいられるのに、困った人だ。

でも、何気ないひと言で、紫里の心はいつも幸せでいっぱいになる。
ライオネルは会場の出口を目指し、ゆったり歩を進めていく。
紫里は、いつもどおり、その背中だけを見つめて、ライオネルのあとを追いかけた。

——ＥＮＤ——

あとがき

こんにちは。秋山みち花です。『伯爵は秘めやかな恋人』をお手に取っていただき、ありがとうございます。

ルビー文庫さんでのロマンス系第二弾《だいにだん》は、「幼馴染《おさななじ》み再会もの」になりました。前作の『公爵は甘やかな恋人』に続いて、イギリス貴族×健気《けなげ》な日本人青年のラブストーリーです。そして本筋にはあまり関係ないのですが、前作のエドワード&柚希カップルもちょっとだけ顔を出しております。

作者はロマンス系の第一位は「シンデレラ・ストーリー」だと思ってます。なので今回も、伯爵様《はくしゃくさま》に甘く愛され、幸せになる健気な主人公を目指しておりました。でも「みにくいアヒルの子が美しい白鳥に変身～☆」的な要素も付け加えたため、紫里はちょっと苦労してしまったようです。伯爵のライオネルも少し癖《くせ》のある人でしたしね。しかし、つらい思いをしたあとに訪れる幸せは格別なはず。そのあたりを楽しんでいただけたら嬉《うれ》しいです。そして紫里は案外芯《しん》が強いので、ライオネルに甘く愛されつつも、彼をしっかりサポートしていくことでしょう。

余談ですが、本書の執筆《しっぴつ》中、無性に自分専用の執事《しつじ》が欲しくなりました。紫里ではなく、お祖父《じい》さんの佐々木の方、希望です。残念ながらマンション住まいの身では、叶《かな》わない夢ですね。

現実的なところでは、英国貴族の館《やかた》を巡《めぐ》る旅、あるいは英国庭園を巡る旅に参加するぐらいでしょうか。機会があれば、こういうツアーででもゆったりした気分を満喫《まんきつ》してみたいものです。

本書のイラストは祭河ななを先生に描《えが》いていただきました。ラフが届いた時、ライオネルのあまりのかっこよさに、担当様と一緒《いっしょ》に大騒《おおさわ》ぎとなりました。紫里も作者のイメージ以上にかわいい&きれいでうっとりしました。本当にありがとうございました！

ご苦労をおかけした担当様、編集部の皆様《みなさま》もありがとうございました。

いつも応援《おうえん》してくださる読者様も、本書が初めての読者様も、ここまでおつき合いいただきまして、本当にありがとうございました。ご感想などいただけますと励《はげ》みになりますので、ぜひよろしくお願いいたします。

秋山みち花　拝

二〇一一年　一月

秋山の商業誌&同人誌関係のお知らせはこちらまで■ http://www.aki-gps.net/

KADOKAWA RUBY BUNKO
伯爵《はくしやく》は秘《ひ》めやかな恋人《こいびと》
秋山《あきやま》みち花《か》

角川ルビー文庫　R141-2　16673

平成23年2月1日　初版発行

発行者——井上伸一郎
発行所——株式会社角川書店
東京都千代田区富士見2-13-3
電話/編集(03)3238-8697
〒102-8078
発売元——株式会社角川グループパブリッシング
東京都千代田区富士見2-13-3
電話/営業(03)3238-8521
〒102-8177
http://www.kadokawa.co.jp
印刷所——暁印刷　製本所——BBC
装幀者——鈴木洋介

ISBN978-4-04-455039-4　C0193　定価はカバーに明記してあります。